Maria Maria

Nataniël

Maria Maria

HUMAN & ROUSSEAU

Kaapstad Pretoria Johannesburg

Eerste druk 1999
Tweede druk 2000

Kopiereg © 1999 deur Nataniël House of Music
Eerste uitgawe in 1999 deur Human & Rousseau (Edms) Bpk
Design-sentrum, Loopstraat 179, Kaapstad
Band: Nataniël se suster, Madri, gefotografeer deur Milan
Bandontwerp en tipografie deur Annelize van Rooyen,
ALINEA STUDIO, Kaapstad
Teks geset in 11.5 op 13.5 pt Berkeley
Gedruk en gebind deur NBD,
Drukkerystraat, Goodwood, Wes-Kaap

ISBN 0 7981 3997 8

Opgedra in herinnering aan my ouma,
Maria Burger

Daar is by my geen behoefte om opgeneem te word in die annale van Suid-Afrikaanse skryfkuns of myself die goeie raad van 'n plaaslike resensent op die hals te haal nie; soos al die vorige boeke is hierdie bloot 'n versameling onlangse stories. Daagliks word my kantoor oorval deur oproepe, fakse en e-posse van mense op soek na 'n spesifieke storie uit 'n show, studente op soek na 'n monoloog en gehoorlede bloot op soek na 'n aandenking of 'n geskenk vir iemand.

Aan almal wat sorg dat my shows aand na aand vol is: baie dankie en geniet dit!

N.

Inhoud

Maria Maria

It was the perfect evening. The moon was round and clear, like the stone in a massive wedding ring. And the sea was restless and beautiful, like a marriage between two passionate people.

Her name was Maria Maria Mendez and she chose that evening because it would have been perfect for a small reception. She chose a view of the ocean because it made her peaceful and she chose that building because it was high enough to kill but not mutilate.

When she got to the roof, she didn't wait at all, she simply leaned forward and jumped. But because of the size of her hat, the fall was very slow. So slow that her dress got caught on a balcony rail on the fourth floor.

While she was hanging there, Maria Maria looked into the apartment below her. She liked everything about it. The lavish furnishings, the sensual fabrics and the exotic objects. What she did not like, was the dead man. She loved his gown and she could see that he was a gentleman, but that he was lying so perfectly still, that made Maria Maria Mendez feel really uncomfortable.

❖ ❖ ❖ ❖ ❖

Miguel Montez decided at a very young age that he could only live a life in which he would be surrounded by the very best of everything.

From the moment he could afford it, he became a frequent

visitor to the theatre, feeding on the wit of playwrights and stage actors, although he secretly felt that he could do each one of those performances better.

Learning to appreciate only the best wines and patronising only the most exclusive of restaurants, he firmly believed that paying a compliment would make him the lesser person.

Realising that there was some form of charisma and authority attached to the well-travelled person, but never being able to afford the travels himself, he started acquiring exotic-looking objects, until he felt he had personally seen the world.

Miguel also lined his walls with books, never to be read, but nonetheless well bound and creating an air of wisdom.

Living in this cloud of superiority, that at the best of times only intimidated himself, Miguel so strongly believed it would be impossible to find somebody good enough to love, he never realised he would remain unloved in return.

And so, at the age of 41, managing a popular department store, he reached the climax of this carefully created existence by moving into a beachfront apartment.

It took him one week to unpack and arrange his exquisite belongings, and on the seventh day he finally looked at his surroundings and decided it was perfect. He put on his gown from the East, sparingly poured some expensive wine and put on some music.

It was a beautiful evening and he could see the moon reflecting on the ocean as he slowly danced around the apartment. Then the doorbell rang and he wished he could afford a full-time servant.

So overwhelmed Miguel Montez still was with his new and lush abode, it all felt slightly unreal as he opened the door and the huge man pushed him back into the apartment. The man pointed a gun at him.

Where's the safe? he said.

There is no safe, whispered Miguel.

So where's the money? said the man.

There's no money, said Miguel.

Did you break in too? asked the man.

I live here, said Miguel.

So where's the money? said the man.

No money, said Miguel.

You live here and you have no money? screamed the man.

It takes all my money to live here, said Miguel.

Fuck, said the man and shot him in the head.

Miguel Montez didn't die immediately. He fell slowly and gracefully. He lay on the cushions and heard the music. He heard the man ring the bell at the next apartment. Miguel closed his eyes and felt glad he was wearing his gown.

❖ ❖ ❖ ❖ ❖

When Maria Maria Mendez was fifteen, she came home from school on a Monday and found her mother standing at the

11

back door. Her mother's eyes were dark and tired, like they had been used for more than one lifetime.

Her mother lifted a bright piece of fabric.

Tell me, what is this, my child, she said.

The underwear of a slut, said Maria Maria.

From where? asked her mother.

Sown by the devil, worn by his sister, said Maria Maria.

And what do we do with it, asked her mother.

We spit on it, said Maria Maria.

Spfftt! said her mother, I taught you well. I found this in the truck of your father, said her mother, That shadow of a dead dog I married because I was blind and stupid. He's been planting his beans in the bag of a whore. And where can we turn? Nowhere. Where can we go? Nowhere. Because what are we?

Nothing, said Maria Maria.

Good, said her mother, Now go eat.

Maria Maria was a plump girl. After each one of her mother's heartbreaks, she ate. The women of her family marked their lives with food. The stove was their only kingdom, ingredients their only distinction. Since she could walk, Maria Maria had been suffering under the weight of her mother's marriage, her two grandmothers' names and the knowledge that she was nothing. Every time she bit into a taco she promised herself her life would be different.

Two weeks after she had left school, she found a job at the button shop near the movie house. Trying to save as much as possible from her small salary, she didn't catch the bus but walked the twelve blocks twice a day. Leaving the house early and coming back late, she also started missing out on many of her mother's spicy tantrums and tearful stews. Soon Maria Maria had a beautiful figure. She piled her hair up like that of a model and she started walking with her head high.

It wasn't long before rich Bieno Cortés slowed down his convertible and asked her to dinner.

Like somebody of royal stature she declined three times until he was almost begging. But on their first date she was so overcome by the splendour of the restaurant and the price of the wines that she gave herself to him straight after the meal. They copulated wildly in the parking lot until her dress was torn and her hairdo destroyed. He gave her money for a new dress and took her home.

Their relationship was dramatic and steamy. She was living a dream. What had been the fantasy of every woman in her family became the real thing for her.

Twice a week he took her out. She never met his family and never asked questions. He took her to exotic restaurants and exclusive supper clubs. Afterwards they always drove along the beach. She would look at the beautiful apartments.

I could get you one, he would say.

Maria Maria started planning their life together. Nothing her mother had said, mattered any more. She was definitely somebody.

On a moonlit evening Bieno stopped the car next to the beach.

13

I have something to say, he said.

Maria Maria smiled. She had been waiting for this.

I'm getting married, he said.

Maria Maria's heart stopped.

But I want to keep on seeing you, he said.

Maria Maria looked in the rear-view mirror. Her dress was bright and happy. She was the sister of the devil.

The next night the moon was just as clear. Maria Maria greeted her mother and took a taxi. In front of the most beautiful building she got out. She put on her hat and started climbing the stairs to the roof.

❖ ❖ ❖ ❖ ❖

Sometimes you do not need to think a lot about things. Sometimes the most important decisions only take a few moments. They just come over you like they've always been there. Maybe you just need a little push, a little fresh air, maybe a little more blood must flow to the brain.

Maria Mendez hung from the fourth floor for nine hours before she was discovered. But it felt like a very short time. In fact, when the maid unlocked the front door of the apartment and discovered her dead master, Maria Maria wasn't sure she was ready at all.

The maid gave four screams, three high ones and a very low one. Then she looked up and saw Maria Maria floating outside.

She fell to her knees.

Oh, thank you, thank you, she cried, You came for him!

Oh, thought Maria Maria, What the hell.

Then she spread her arms and flew away.

She didn't fly like it was her first time and she didn't fly like a bird or an angel, Maria Maria Mendez flew like the Queen she was meant to be.

(from *Stone Shining*, 1999)

Anna

In Bloemfontein is daar toe die meisie wat werk in die foto-
staatkamer van 'n afgryslike vaal maatskappy. Dag na dag
kopieer sy stapels onsinnighede wat van die een dwaas na die
volgende versprei word. En toe op 'n Dinsdagoggend toe die
fotostaatmasjien vir die driemiljoenste keer in haar oog flits,
skei sy 'n waansinnige ensiem af in haar brein en gryp haar
handsak.

Wild en sonder toestemming storm sy by die voordeur uit, af
met Bloemfontein se hoofstraat en kom natgesweet tot stil-
stand op die dolle stadsplein.

Wyse man, ek soek jou! gil sy.

Ek is hier, sê 'n stem.

Onder 'n sambreel sit 'n blinde man. Op sy skoot is 'n papier-
sak en hy gooi hande vol pitte in die pad. Langs die pad sit
tien histeriese duiwe en kyk na die verkeer.

Die duifies gaan mal word, sê Anna.

Sorry, sê die man en gooi die pitte anderkant toe. Ek hoor
vrees in jou stem, sê hy.

Ek moet wegkom, sê Anna, Ek vergaan.

Daar's 'n kompetisie by die trekkergarage, sê die man, Dis jou
enigste kans.

So storm Anna by die trekkergarage in en koop twee kaartjies.

Toe gaan sit sy in haar woonstel en begin wag. En twee weke later bel die garage en sê sy't gewen, sy gaan Comores toe vir 'n week.

Die volgende dag begin Anna voorberei. Sy gaan koop 'n tanga en twee bottels Quick Tan en twaalfuur die middag, toe Bloemfontein bleekgebak staan en snik van die hitte, verskyn Anna op die balkon met haar badkamermat. Blink van die Quick Tan vlei sy haarself neer, maak haar oë toe en sink in 'n vredevolle slaap.

Sy droom van haar nuwe lewe. Sy sien haarself sterf op 'n stapel brandende fotostaatmasjiene. Sy sien haarself verrys in 'n stywe halternekrok. Sy sien haarself oor die strand hardloop langs 'n god met 'n plat maag. Sy sien hoe hulle knibbel aan pynappelringe en hartstogtelik rondplas in 'n brander.

So bak Anna op die balkon. So braai die vloerteëltjies die badkamermatjie dat hy aan die smelt gaan en vir Anna vasplak om nooit weer daar op te staan nie.

En so word Anna toe om drie-uur die middag uit haar slaap wakker, bruiner as 'n rogbrood en vas aan die vloer.

Verdwaas gaan sy aan die wikkel. Maar dis net haar kop en voete wat beweeg. Verwoed wikkel sy weer, maar daar's net 'n brandpyn. Dis eers toe sy ondertoe loer dat sy besef sy's nou deel van Bloemfontein soos nog nooit vantevore nie.

En dis toe dat die akkedissie van die geut afklim en reg voor haar kom staan.

En wanneer jy net 'n tanga aanhet en ontneem is van alle beweging en 'n akkedis kyk jou vol in die oë, dan moet jy 'n merkwaardige persoon wees om hoflik te bly.

So spoeg Anna die akkedis. So kom sit die akkedis op haar voorkop.

En toe maak Anna haar longe vol en gil. Sy gil dat die mense 12 km verder by die Ultra City uit hulle motors klim en op aandag staan, sy gil dat die diere en plante in die veld spontaan van die son af wegdraai, swak bejaardes skielik daarop aandring om hulleself te bad en ongebore babas vir die eerste keer vrees beleef.

Toe staan sy uit die vloer uit op.

Anna het nooit 'n stywe halternek gedra nie en sy was nooit Comores toe nie, maar sy't wel 'n nuwe lewe. Sy werk in die fotostaatkamer en verwonder haar as die masjien so flits. Sy dra groot swart rokke en bly uit die son uit, want dis nog seer as die matjie warm raak. Sy slaap op haar rug, want die teëltjies krap te veel. En as sy slaap, in die hoek van haar oog, is daar so een traan.

Sy droom nog steeds van pynappels en bruingebrande gode. Sy weet net dis nie nou die tyd nie. Miskien eendag. Wanneer almal loop met matjies.

(uit *Slow Tear*, 1998)

Selling to a prophet

I was very proud of my shop. It was perfect. Unlike any other shop I have ever walked into. Every single object had its place. I spent days deciding on the position of a chair or the angle at which I would leave a book on the counter. My shop did not look desperate like the others. Nothing was screaming to be bought. In fact, I would be deeply upset when something was sold. That meant everything else had to be moved until the composition was flawless again.

I had designed the interior long before I knew what I was going to sell. That was the least important. I wanted to be the creator, owner and keeper of a space that would give people a taste or a confirmation of what The Better World would be. Those who felt intimidated would know they did not belong there. (And few belonged.)

Two weeks before I opened the doors to my beautiful world I had finally decided to sell paper. Exotic, fine, perfectly crafted paper imported from the most revered manufacturers around the globe. Paper so exquisite it could hold thoughts, poems and messages without being soiled by ink and hideous handwritings.

Not many people entered the shop. Those who did were mostly puzzled, uncomfortable and unattractive. They would stand around, disturb the space or talk too loudly. It took all my strength to stay courteous. I became a watchman, a guardian, a protector of precious paper. I started resenting the presence of those vile beings who showed no understanding of perfection, completely unskilled in appreciating the wonder of paper, the charm, the touch, the smell of these wondrous blank sheets.

And then one day he walked into the shop. He did not look like a prophet at all. He was wearing black pants, a tight black top and a bright blue jacket. Casual, yet perfectly cut. His face was breathtaking. Radiant and beautiful. I was startled. By that time I had given up all hope of ever seeing somebody look good in my shop. And there he was standing as if it were no achievement at all.

There are many ways of creating beauty, he softly said.

And almost nobody who has the interest, I said.

Oh, they are numerous, he said, Everywhere.

How well they must control their needs, I said.

The prophet laughed. The muscles in his face, the lines around his eyes, the shape of his teeth, everything was perfect.

You have wisdom, he said, I can even sense that you under-stand the Ways of Light. But you don't allow yourself your gifts.

He moved his hand like somebody who had practised in front of a mirror.

What is your biggest dream? he asked.

I want to live in Japan, I said.

Japan? he laughed.

There's a lot of paper in Japan, I said, They even live in paper. They walk in and out through paper doors. They have silence and grace and can spend an entire day drawing a single line. And they are beautifully dressed while they are doing it. That's how you work with paper. Not like the fools who think it's for carrying fast food.

So why are you here? asked the prophet.

I don't travel, I said, It makes me sick.

The motion? he asked.

No, I said, The thought of it. Moving around in chaotic filled-up spaces, surrounded by loud people with no dress sense, travelling exhausting distances with your belongings left behind, having no privacy, never knowing if the water is clean, it's impossible.

He laughed again. This time it was the lips that caught my attention. Moulded.

Would you like to buy anything? I asked.

No thank you, he said, We can leave as soon as you are ready.

Leave for where? I asked.

Japan, he said.

He came into the shop everyday. Positioning himself at the exact right angle in the exact right light. Looking good, making people stare. He spoke softly, looked at the paper, laughed at my jokes, and waited.

I knew I had no choice. I knew I was going to Japan. I feared the journey but I knew that he would let no harm come to me. Only once did I ask him why and he answered that it was his job.

The travel arrangements were left to me. It was surprisingly easy. I knew I had to pack only a few important items and I knew we had to go when the weather was good. I decided that if I were to travel towards my dream, and do so with somebody who knows everything, it had to be most special.

So I decided on a swan. I paid two idiotic but huge schoolboys to steal the swan from the hotel pond. We made the bird calm down, fed him well and left in the middle of the night.

It never occurred to me that the swan might not know where Japan was. I just assumed the prophet would know and take charge when it was necessary.

We talked for hours. We discussed wishes and dreams, religion, divinity and its purpose, violence, music, books, fame, acts of God, war and meditation. I lost everything. The hotel swan was obviously not used to flying and tired easily. Halfway over the Indian Ocean I had to throw off my TV set. The next day, my favourite footstool. Two days later, my entire paperweight collection and a whole case of liqueurs.

I was permanently light-headed from the lack of oxygen, the cold air and the beauty of the prophet. I floated on his voice, I soaked up every word of wisdom, I fed on his healing presence and protective ways.

Just when I started thinking the swan could carry us no further, we saw Japan. Slowly it came into sight. It was grey and hard looking. I didn't want to believe it. Japan was ugly.

And it still is. It is a hell of neon lights, concrete, public transport, cramped little apartments and millions of people. But my life here is beautiful. The swan did not like Japanese food and died after two days. The prophet left to go to faraway places and do what prophets do. And I stayed with the knowledge that there is guidance in this world, peace of mind and safety.

My memories of the prophet are clear and with me all the time. What he gave me and taught me became my life. I see him everywhere. Sometimes on a billboard, sometimes in an advertisement for aftershave, sometimes on a shampoo bottle.

And then, just for a moment, I wonder. Would anybody love a prophet if he was not absolutely beautiful?

(1999)

Cheat

Aan die kant van die dorp is die mooiste, mooiste bome. Weelderig dwarsdeur die jaar. Agter die bome lê die tuin met grasperke, groen soos die afguns, sag soos die boud van 'n welgestelde gay. Heel voor is die hekke, spierwit en bedrieglik.

Maar almal weet en ry verby.

Die opstal is Victorian, met 'n veranda en 'n wiegstoel. Bo-op sit Henry. Henry wieg vorentoe en agtertoe, jaarin en jaaruit. Soos die gety van die Dooie See, al op een plek en swaar van die sout.

Suster Bee sê dis oor sy kop loop staan het. As sy hom net kan hartseer kry dat hy kan huil, dat die sout kan uitkom, maar hy sit aangeslaan soos 'n slagding in 'n Boesman-spens, gepiekel vir die winter.

Suster sê die dag toe hulle hom kom aflaai, toe ruik hy al soos katpie in 'n skakelhuis. Dom en doof loop sit hy op die skommelstoel, skif homself tot biltong, gestroop van hoop en wanhoop.

Suster sê dis net sy blaas wat nog verlos, sy moet waghou dwarsdeur badtyd, hy pie die teëls van die muur af.

Res van die malles speel almal op die lawn, hol in die rondte, bedwelmd en beroerd, Henry sit.

Was 'n lang tyd terug, toe Henry nog op die been was. 'n Droom van 'n man, gesonde gesin, stewige beroep, aktief in die kringe, dit was 'n lieflike prentjie.

24

Maar so is Henry ook die derde geslag uit 'n bloedlyn legendaries vir hulle kliere, baanbrekers in die geskiedenis van die onderlyf. Hy bly ook nie gespaar nie en ontvang sy bewustheid reeds vroeg in die lewe. Sy baard het skaars ontkiem toe sy lendene begin weer opsteek. En Henry byt vas so lank hy kan, beveg die roep van die oerwoud met 'n vorse dapperheid, slaan 21 net betyds, trou met 'n dingetjie in wit, stil sy honger, les sy dors, alles binne die perke van die eg, dingetjie in wit baar accordingly erfgenaam op erfgenaam.

En so kom die wreedheid van roetine en die drome van 'n weiveld. Daai man se drifte versprei op hom soos 'n bamboesbos langs 'n oop drein. Hy't geknyp en geklou soos hy kan, maar dit was soos 'n bloedklont in 'n ouetehuis, net 'n kwessie van tyd.

En toe, op 'n stil aand, toe sy klierkas genoeg lading opgebou het om 'n shopping centre weg te blaas, toe verlaat Henry sy broek en doen ten volle gestand aan die sondes van sy vadere. Hy trek los en bevredig homself met elke vleis wat verbykom, hy bewerk die dorpsvrouens dat hulle wens hulle het ekstra liggaamsdele gehad, hy pomp dat die mense moet gaan oplees of Sodom rêrig al verby is.

Natuurlik sê niemand 'n hardop woord nie, helfte is jaloers, res is te moeg.

Dingetjie-in-wit se hart is gebreek, maar sy't hom lief, sy wag tjoepstil en vernederd, hulle kom mos altyd weer huis toe, dis net die menopouse-ding.

Misgis sy vir haar. Nag vir nag is hy op nog voor die maan. Werk deur die dorp soos 'n myner met 'n gaslamp, in by elke gat wat 'n skatkis kan huisves.

En soos Henry een aand nog 'n jongstuk opsaal en galop oor

die pieke van vleeslike vreugde, so sit Dingetjie-in-wit by die kombuistafel. Sy wieg vorentoe en agtertoe.

Waai wind, sing sy en plak 'n lang nael aan haar vinger.

Bring hom terug na my, sing sy en sy plak nog 'n nael. Sy verf hulle spierwit soos haar kabaai.

Ek moes lankal begin sing het, sê sy en blaas al tien droog.

Toe loer sy of die kinders al slaap, druk 'n nael in haar bolla en laat val haar hare op haar skouers. In die kamer haal sy die bulb uit die bedlamp.

Shake it loose, sing sy en ruk die haardroër se draad uit. Druk een punt in die lamp, split die ander kant in twee en toe in by die kopkussing.

Laat gewerk, sê Henry in die deur en gooi sy tas neer. Hy val op die bed. Wat gaan aan met jou kop? vra hy, Jy lyk soos 'n heks.

Magic, sê Dingetjie-in-wit, Lê, dan wys ek jou.

Toe skud sy verleidelik haar lokke, strek haar sexy naele en sit die lamp aan. Brrr maak die kussing en brand twee pikswart gate deur die sloop.

Henry lê styfgeskop en ruk soos 'n diet-belt op hoë spoed.

Dingetjie sing Waai wind twee verse lank, toe maak sy 'n key change en sit die lamp af.

Henry lê met botteloë en wit gebarste lippe.

Dingetjie haal die drade uit. Vir encore sing sy, Wat gaan aan, wat gaan aan, wat gaan aan met jou kop. Toe trek sy die kussing skoon oor en bel die ambulans.

Daar's fout met my man, sê sy, Ek dink dis oor my sang.

(uit *The Last Witch*, 1996)

Pedestal

Nee, sê hy vir die vrou, Ons sit jou op 'n pedestal.

Vrou dink, Vir wat? maar sy sê net, Hoe hoog? So?

Nee, sê die man, So.

So?

Huh-uh, so.

Is hoog.

Hulle sit weerskante van die lessenaar. Res van die kantoor is net glas en mat. Die vrou was vierde in die ry. Sy's net in by die kantoor, toe buk die man foontjie toe en vertel vir reception die res moet loop, hierdie een is perfek, vul solank die kontrak in.

Is dit jou eerste booking? vra die man.

Ja, sê die vrou. Sy verkyk haar. Tom Jones, van bo tot onder, net mooier.

Man dra Levi's met 'n baadjie, das is los, bek vol bubblegum.

Seks en mag in die corporate world.

Pop, daar's 'n reënboog, sê hy, Jy't so pas die goudpot raak gesit. Ons gee jou vyf syfers, less tax. Hoe voel dit?

Is hoog, dink die vrou. Voel oraait, sê sy.

Sy's fokken gross, dink die man. Jy's perfek, sê hy.

Jy ook, dink die vrou. Dankie, sê sy.

Ons rekord is 100 persent, sê die man, Daar's nie 'n produk wat ek nie kan verkoop nie. Nou's dit die Age of the Female. Just be yourself. Ons lift jou sky-high. Die hele wêreld kyk na jou en sien hulleself. Ons dress jou in wit, up you go, Die Ewige Bruid, Virgin met Experience, The future is your lover.

Is hoog, dink die vrou. Wat verkoop julle? vra sy.

Is 'n period-pil, sê die man, Painkiller, antidepressant, vitamins, all in one, is die Pil van die Eeu. En jy's die girl.

Wat maak ek? vra die vrou.

Dis die launch, sê die man, Jy's op die pedestal. Nobody knows, suspect niks. Next thing, ons start die crane, up you go. Everybody stops, they stare. Is it an angel? Is it a bride? Ons slow down met die crane, jy kyk vir 'n oomblik af. Hulle sien jou gesig, the girl next door, nothing special. But she's flying. Jy kyk op, jy strek jou arms. Suddenly there's music – violins – and then the voice: This could be you. Deprogone. The flight to freedom. Uit kom die reps, pille vir almal. Huh? Is 'n killer.

Wat maak ek dan? vra die vrou.

Jy freeze net, sê die man, Daai image, die symbol, burn it into their minds, ons betaal jou by die uur. Volgende dag, we hit the next town.

Vrou sit klaargevries. Ek vrek eerder, dink sy.

Man ken al die signs. Sit agteroor, spread sy Levi's. Hy maak sy mond stadig oop, Beechie lê op sy tong, this could be you.

Seks en mag in die corporate world.

Sien ons jou Vrydag? vra die man.

Tom Jones, dink die vrou, Vyf syfers, deposit vir die kar, TV vir die kamer, 'n jaar se scratch cards.

OK, sê sy.

Teken net by reception, sê die man.

Vrydag, dis halfvyf. Die hele wêreld kom van die werk af. Sy's op die pedestal, wit rok bewe van senuwees, is al klaar hoog.

Ek wil opgooi, sê die vrou.

Sluk, sê die vyf syfers.

Knor, sê die crane.

Daar gaan sy. Almal staan stil. Verkyk hulle. Sy staan lam op haar bene, vergeet van die afkyk. Op gaan die pedestal. Sy strek haar arms uit. Nou waar's die musiek?

Spring! skree iemand.

Toe, spring! skree die res.

Die hyskraan begin wieg, heen en weer.

Hou op! gil die vrou.

Daar's 'n mal vrou! skree die mense.

This could be you, sê die stem.

Help my! gil die vrou, Julle gaan te hoog!

Is that how you sometimes feel? sê die stem, Desperate? On the edge? In pain?

Stop dit! skree die vrou.

Spring! skree die mense.

This doesn't have to be you, sê die stem, We have the solution.

Julle't gelieg! skree die vrou.

Is 'n killer, sê die man, She's perfect.

Deprogone, sê die stem.

Spring! skree die mense.

Uit kom die reps, pille vir almal.

Die hyskraan swaai heen en weer.

Die vrou maak haar oë toe.

Die mense is mal van opwinding.

Sy leun vooroor. En toe vlieg sy.

(uit *The Last Witch*, 1996)

Die brief

Tussen die droë berge van Suid-Amerika, in die laaste straat van die klein dorpie Quentalombo, het Servez Vintros en sy vrou Vincetta gewoon.

Van hy die dag self sy lyfband kon vasmaak, het Servez trots sy familie-ambag beoefen met die maak van saal- en wyn-sakke. Veertig jaar aanmekaar bedryf hy sy looiery met die enigste onderbrekinge sy troudag en die burgeroorlog. Geen man word 'n baron van hierdie besigheid nie, maar hy kon voorsien vir sy vrou, daar was 'n dak oor die kop, 'n leivoor in die tuin en hul albei se grafte was betaal.

Vincetta was 'n heel ander storie. Ietwat onvas op die voete, met 'n permanente sleep van die tong, bly sy maar in die koelte van die huis, natlap in die nek kom sy ook deur die dag, groet g'n mens nie, Servez ingesluit.

Die slag as sy na genoeg aan 'n venster kom, kon 'n mens nog hier en daar die spore van skoonheid uitmaak wat die formi-dabelheid verklap van dit wat was, die toentertydse blas godin wat die jong Servez kom verower het.

Maar dieper as die skag van 'n kopermyn, so diep in haar hart lê die geheim van 'n onbesonne oomblik. Dit was twee jaar na die troudag, tydens die Fees van die Huilende Heuwel. Op dié dag dans die hele gemeenskap, getof en gemasker, by die dorp uit tot by die bult, skiet vuurwerke tot die ganse woestyn lont ruik, Padré sprinkel almal met water en dan gaan staan ste-wige Valencia voor die bult en sing met haar diep stem, Huil o Heuwel, Was my skoon met jou goue traan. Tien sterk seuns wat bo wegkruip, tip dan 'n krat lemoene wat bultaf rol, dan padaf tot terug in die dorp. Met die eerste lemoen wat voor die kerk verbykom, lui die altaarkneg die klok en almal se sondes is vergewe vir nog 'n jaar.

Dit was tydens dié fees, net twee jaar na die troue, dat Vincetta te veel bola inkry en tydens die tip van die lemoene agter die bult beland, haar rok oor haar kop gooi en met die hulp van 'n sterk seun 'n gulsige posisie inslaan en uitvind met presies hoeveel wellus die natuur haar toebedeel het.

Geen mens vind ooit uit van haar kortstondige ontsporing nie, maar die skuldgevoelens vreet vir Vincetta van die oggend tot die aand, totdat sy besluit as Servez sy manlike pligte behoorlik nagekom het, die noodlottige gekoppel nooit sou plaasgevind het nie. Uiteindelik vloek sy hom vir 'n woestyntrol met melkbaard, jaag hom uit die bed en slaan die kamerdeur vir ewig agter hom toe.

Dag na dag bly sy in die bed en verdoof haar pyn met gegiste granaatpitte. Servez slaap op die kombuisvloer. Drie maande, toe's sy 'n verslaafde, hy's sonder behoefte en oor die huis sak 'n stilte toe wat die doodstraf na pret sou laat lyk het.

❖ ❖ ❖ ❖ ❖

Byna veertig jaar gaan verby. Toe, op 'n dag vol stof, sit Servez en kerf aan 'n buffelvel, Vincetta sleep slapgesuip 'n pot rond op soek na die stoof, toe stoot iemand 'n koevert onderdeur die deur.

Op Quentalombo kry niemand pos nie. Dit bring net dood of groter onheil.

Servez is wit geskrik. Bid, fluister hy.

Hail, sê Vincetta, maar sy kan glad nie op Mary se naam kom nie.

33

Maak oop, sê sy.

Servez skeur die koevert oop en haal bewerig die brief uit. Hy vou die papier oop, kyk stip daarna en val toe met sy kop op die tafel.

Ek het dit heeltyd vermoed, sug hy.

Wat? vra Vincetta.

Ek kan nie lees nie, sê hy.

Vincetta laat los die pot. Probeer môre weer, sê sy en gaan lê in die kamer.

Volgende dag sit Servez heeldag, maar hy kry nie gelees nie.

Vincetta lê in die kamer met al die linne in die huis nat oor haar gesig. Af en toe kom sy op vir asem en 'n sluk pitte.

Derde dag toe hang die spanning dik teen die dak. Servez sit natgesweet en staar na die brief. Ek voel dit kom, sê hy, Dis nou-nou, dan lees ek hom.

Toe ruk Vincetta die kamerdeur oop en maak dit net-net tot by die muurkas. Sy gryp 'n bottel rooswater en gooi dit by haar rok in.

Ek moet bieg, hyg sy, Ek moet klaarmaak.

Ag sien jy, sê Servez, Daar's dit weer weg. Hallo! skree hy in by die koevert.

Vincetta is nou sopnat. Hoeveel jaar se vullis groei op my soos gars! skree sy en slaan haarself met die vuis.

Lees jy glad nie? vra Servez.

Soek jy die tyding? gil Vincetta, Loop lees dit in die sterre! Lees dit in my oë! Verdoem is ek wat om vergifnis wag! Die pes hang oor die drumpel, die vergelding blaas in my nek. Jy laat jou uit jou bruidsbed skop, jy vra nie vir 'n rede nie! Jaarin en jaaruit wag ek om te bieg! Ek wag 'n ewigheid vir skoonkom! Vir vra, Vergeef my! Maar niks! Nie 'n chip van die pispot!

Toe is sy uit by die deur en af met die pad. Daar was die klap van 'n houthek, die gekletter van hoenders en so lê Vincetta Vintros gewelddadiglik beslag op platbors-Maria se werfdonkie en ry hom bloots die woestyn binne.

Servez is die volgende dag klooster toe om sy brief te laat lees. Daar staan dit in ink, hy't die lotery gewen.

Twee weke later, hy't net sy geld opgeëis en sy droomhuis begin bou, toe keer platbors-Maria se donkie alleen terug uit die woestyn, skeelgeslaan deur die weerlig en sonder 'n haar op die lyf. Hy word getoor verklaar en daarna net met feeste losgelaat. Vincetta is nooit weer gesien nie.

Servez se huis is klaar, drie verdiepings hoog, hy sit heeltyd op die dak.

Dan skree die mense, Kyk jy uit vir Vincetta?

Nee, sê Servez, Ek lees die sterre.

(uit *The Last Witch*, 1996)

Ballet

Hoe groot is die wonder van die natuur. Selfs tot in die ske-
meruur van die menslike siklus ontvang jou verwysingsveld
sy weerstand.

Op 55-jarige ouderdom trek Martie se man een aand sy mond
skeef langs die tafel en kom tot ruste in 'n warm bak oxtail.

Martie bly gedemp sterk deur die smart, begrawe hom met
waardigheid, bedank almal vir die blomme en bel haar vrien-
din Fay.

Die huis word al groter, sê sy, Pak jou goed, ek koop 'n flat.

Fay is al single van puberteit af en trek met dankbaarheid by
Martie in. Die twee sit kort-kort vas, maar hulle bly op die
derde verdieping, dis naby die winkels en die flats het 'n nag-
wag.

Martie weet die lewe moet aangaan, bly in die kombuis en bak
soos vroeër, vries wat te veel is. Fay het weens die jare van
onthouding haar behoefte aan genot voel opkrimp totdat die
laaste bietjie hittigheid nog net in die vingers te vind is. Sy sit
voor die TV en brei haar kombers. Sy't lankal vergeet wanneer
sy begin brei het en of sy ooit gaan ophou. Die kombers maak
amper die hele flat vol. Slaaptyd bind sy af, gaan klim in onder
die stuk in die kamer, volgende dag brei sy verder waar daar
nog plek is. Martie sê not te hel sit sy haar plante uit, maak
plek. Nou hang een deel by die venster uit.

Die aand sit die twee in die sitkamer, floep! ruk Fay van die
bank af, Martie kyk by die venster uit.

Daar's weer 'n kar op die kombers, sê sy, Wag net tot die robot groen is.

Kar trek weg, Fay soek haar steke.

Jy moet die ding uit die pad loop haal, sê Martie, Jou knieë gaan ingee.

Fay staan op met vreemde oë. Ek hoor 'n roepstem, sê sy.

Dis die TV, sê Martie.

Ek hoor hom duidelik, sê Fay, Deur my lyf.

Dan't jy concussion, sê Martie.

Kry jou jas, sê Fay, Ek bel vir transport.

Martie protesteer, maar Fay het haar uit by die deur, taxi staan op die kombers.

En waantoe gaan ons? vra Martie.

Ek weet nie, sê Fay, Ry net, Meneer, Ek sal jou sê om te stop.

Twee blokke verder kry Fay 'n rilling en skree Briek! so hard dat die drywer eers moet help om Martie onder die seat uit te kry voor hy kan kleingeld soek.

Sien jy, sê Fay, Die skrif is aan die muur.

Voor hulle staan 'n massiewe gebou, heel bo sit 'n billboard met liggies.

Fay lees hom kliphard. Geselle, sê sy en sleep Martie tot by die box office.

Hoeveel? vra sy vir die meisie.

Lyk vir my soos twee, sê die meisie.

Sy's wragtag slimmer as wat sy lyk, sê Martie.

Ek praat van die prys, sê Fay.

R45 'n kop, sê die meisie.

Ek eet nie afval nie, sê Martie.

Dan vat jy twee keer poeding, sê Fay en gryp die kaartjies.

Op met die trap, daar staan duisend mense met wyn.

Moet 'n helse kombuis wees, sê Martie, Hoe hou hulle alles warm?

Hou net jou bek, sê Fay. Sy's nou rooi van die koors.

Ek hoor hom duidelik, sê sy en trip 'n meisie met 'n uniform. Waar's my plek, sê sy, Die tyd raak min.

Meisie vat hulle in tussen rye seats. Orals peul mense by die deure in. Skares ou vrouens met pêrels en mannetjies met polo necks en Melton-baadjies.

Dis soos oordeelsdag, sê Martie, En die mowwe is heel voor. Waar's ons tafel? Ek haat hierdie geëet op die skoot. Wat worry ek in elk geval, nou's die krag ook af.

Plek raak pikdonker, iewers trek 'n orkes los met 'n klipharde wals. Toe skuif 'n gordyn weg en daar's 'n groot vloer met blou ligte.

Dis 'n hoerhuis, sê Martie, Geselle! Jy sal rekenskap gee van hierdie nag! Nie eens op my troue het ek 'n dansvloer geduld nie.

Toe flits 'n wit lig en daar staan 'n visioen met spiere en tights. Hy trek sy tone op 'n punt en lig sy been tot by sy oor.

Fay gooi haar handsak met 'n boog tot tussen die polo necks en klim op haar stoel. Vervloek is my breipen! gil sy, O roep-stem! Vergeef my! Neem my nou en wag nie langer!

Die orkes speel al hoe vinniger en die visioen hardloop spring-spring in die rondte. Bravo! skree die polo necks.

Sit! sê Martie, Die ding soek sy broek.

Die meisie met die uniform kom kruip-kruip tussen die seats deur. Is daar 'n probleem? fluister sy.

Nee dankie, sê Martie, Stuur net die waiter as die krag aan-gaan.

Fay sit en snik in haar hande. Die orkes maak 'n drumroll en toe spring 'n anoreksiek meisietjie agter die gordyn uit en trip-pel al agter die spiere aan.

Ek dog sy's dood, sê Martie. Sing Mister Postman! skree sy.

Sjjt! sê 'n vrou in 'n fur.

Blaas jouself, jou harige tert, sê Martie.

Die een met die spiere swaai die meisietjie al in die rondte.

Wurg haar! skree Fay, Weg met die bronstige feetjie! Vervloek is elke vlinder!

Teen die tyd dat Giselle die laaste toneel bereik, is Martie al naar van die honger by die deur uit om die kombuis te gaan soek. Fay is besig om die stoffering in bolle uit haar stoel te ruk. Sy skuim soos 'n brandslang, sy's duskant haarself van koors, sy gloei so dat eenduisend mense sopnat sit van die sweet en die visioen sy tights afruk en kaalgat rondspring.

En soos die orkes die klimaks bereik, gooi hy sy arms in die lug, bol sy rug en lig sy knop direk na die spotlight.

Fay is uit haar stoel uit soos 'n sirkuskanon.

O Magtige Magneet, gil sy, Hier kom ek nou!

En toe spring sy. Sy breek haar nek in Ry F en word eers drie dae later wakker toe die verpleegster haar drup omruil.

Engeltjie, sê sy, Vlieg net gangaf en vertel vir Roepstem ek is hier. Ek het huis toe gekom.

In die hel is waar jy is, sê Martie en sleep die stuk kombers wat sy by die robot afgeknip het om Intensive Care se hoek, Bedek jou sondes dat jy kan berou kry.

Fay draai haar oë venster toe. Ag, gaan huis toe, sê sy, Vries jou kos en snoei jou plantjies, ek lê net hier. Waar't jy gelees elkeen moet sy hart net een pad vat? Die een kyk hier, die een kyk daar, toe my lig kom, toe sien ek hom. Judge jy maar soos jy lus kry.

(uit The Last Witch, 1996)

Keerpunt

Stel jou voor: 'n spierwit, lieflike huis met verskeie verdie-
pings, omring deur oorvloedige tuine, versorg van hoek tot
kant. Maar die huis staan direk langs 'n groot sportkompleks
en na elke wedstryd waai die wind net genoeg vullis en papier
oor die muur om die hele tuin te bedek.

So was my lewe. Wonderlik genoeg om ander jaloers te maak
(my shows is vol, albei my ouers leef, ek was in *Huisgenoot* se
blokkiesraaisel en so), maar met genoeg vullis om my wakker
te hou.

Tot 'n paar maande terug.

Ons hou hierdie promosie-ete by my huis, *De Kat* neem foto's,
TV verfilm alles, dis 'n hele Hollywood-storie. Ek nooi vir
Mimi Coertse (wie's after all meer famous?), Brümilda van
Rensburg (goeie vriendin en 'n aanwins vir enige kamera),
Mariëtte Crafford (bekend vir haar kosboeke en gesels die dood-
ste partytjie aan die lewe) en Iain MacDonald, senior solis by
Staatsteater Ballet (een van die mooiste wesens wat nog bo-aan
'n paar bene verskyn het).

Ek persoonlik besluit om by die eetgerei te pas en wurg myself
'n ontwerpersuitrusting van silwer kunsleer binne. So gesels
ons oor Mimi se mooi stem (myne is so hees, almal dink dis
net 'n kwessie van tyd), Mariëtte se dun middel (myne is on-
der die tafel oppad vloer toe), Brümilda se mooi hare (my laas-
te drie sit nog net met jel, gebed en hipnose) en MacDonald
se gesonde lewe as danser. (Ek doen inwendige bloeding op as
ek vinnig buk en ek raak al hoe meer gespanne.)

Lankal kom die storie met my saam en ek ignoreer hom, whiskey vir whiskey, sigaret vir sigaret, maar op dié aand kom sit hy helder voor my en ek kry hom nie weg nie. Al hierdie lieflike mense om die tafel en op die punt sit ek en blink in 'n rookwalm soos 'n duiselige Marsman met 'n swak long.

En hoekom? Want op 20 toe dog ek die toppunt van rebelsheid is om in 'n kafee in te stap en te sê, Pall Mall, please. En ek moet altyd ietsie drink, want 'n glas laat my vingers langer lyk. En oefen kan jy glad nie, daai tyd is dit nie goed vir die image nie. En kyk hoe lyk ek nou.

Laatnag toe lê ek en my maag nog wakker. Teen die ceiling hang my Engel.

Wat kyk jy? sê ek.

Ek wil nie baklei nie, sê hy, Maar jy ken die waarheid.

En wat's dit? vra ek.

Jy wil ook graag fiks wees. Jy kry net moeilikheid met die drank. En jy weet die rook maak jou ongemaklik.

Ek sê niks, maar ek weet dis die reine waarheid.

Engel soen my op die voorkop en toe's hy weg. Hy's nou nog weg, maar ek mis hom nie.

Dit was verskriklik vinnig. Volgende dag kry ek vir my 'n instrukteur, 'n maere. Hy oefen my nou al vir maande, ek weeg minder as 'n leë skilferkors, maar hy dink nog steeds ek's te dik, geseënd is hy vir ewig.

Nooit weer het 'n sigaret op my lip kom sit nie (die mense wat vertel dis moeilik om op te hou, het aandele in die tabakbedryf, glo my) en die enigste alkohol wat ek inkry, is in my aftershave.

Ek sing lang note, ek slaap vas, ek ruik lekker, ek oefen soos Jane, my middel is in my middel (nie die vertrek s'n nie), my depressies word al minder, ek kan myself nie glo nie. (Diegene om my, nog minder.)

Uit volle bors wil ek bulder, vanaf die hoogste, hoogste berg. Elke mens het 'n Engel, jy moet hom net kans gee, dis so maklik.

(1997)

Convoy

It happened late afternoon. As usual everybody was at the little stream. First the children came running from the trees. Their eyes were big with fear and some of them were crying.

The women stopped working and asked what was wrong.

Peligro! screamed the children, The Spirit of the Big Bear, it is shaking the earth!

Nonsense, said the women. But now their eyes were big too.

And then we all heard it. It was a horrible, deadly sound. Persistent and piercing like the wind through a desert mountain.

The women picked up their washing and got the children together. Only Mami stayed on her knees. She was hitting Papi's blue shirt with a stone.

The sound got louder and higher.

Everybody stood frozen.

Then the forest gave birth to an apron with two enormous breasts. It was my Aunt Bolka. Her hair was in her face and she was running with her arms in the air, producing the most deafening wail.

She ran through the water and fell on her knees in front of Mami. Hit me, she screamed.

Mami dropped the stone and hit her Wak! through the face.

Aunt Bolka fell backwards. Then it's true! she cried, I'm wide awake!

Stop the crying, said Mami.

I saw it with my own eyes, said Aunt Bolka, Blood streaming from her hands!

Whose hands? asked Mami.

Maria, said Aunt Bolka, The child came to the truck with her hands bleeding. She said she went to look at the Virgin. She said she asked the Virgin to keep the winter away this year. She said then the blood started coming.

Mami took the stone and started hitting the shirt again.

Why me? she said, Why me?

I made her lie down, said Aunt Bolka, But you have to come, she is frightened.

Mami looked at me. Go wake up your father, she said, Tell him to get the wagon.

Aunt Bolka and her husband lived on the other side of the forest in a truck without wheels. We had to wait till it was dark to take the wagon through the forest because Papi could not pay taxes and the forest belonged to Michael Gometh Herma- nez who said he would shoot us if he saw the trail again.

Papi walked in front because the horse could not see in the dark. I sat on the wagon with Mami and Aunt Bolka.

I told that child to stay away from town, said Mami, But she runs to that statue the moment I turn my back.

Shows you what comes from marrying a lazy woman, shouted Papi, I told you, cook the meat longer. You eat old meat when you're pregnant, the child is born Catholic.

Shut your mouth, said Mami, The old meat hangs on you. Maria, she went to pray because her father is too useless to provide.

We could hear the people long before we got to the truck. They were everywhere. On the roof of the truck, in the trees, on each other's shoulders, trying to see through the windows. Show us the child, they were shouting, We want to see magic.

There is nothing, shouted Mami, You had too much wine.

They put a blanket over Maria and put her on the wagon. Her face was glowing like a church window.

There is an old doctor who is friendly to our people, said Mami, We take you, but you don't say anything. You say you fell. The Church of the King will not smile when they hear there is magic in the hands of a forest girl.

It was the first time I saw the town after dark. There was music with a sound I never heard before. It looked like everybody was on the square. People who spent their days in brown and gray were dressed in the brightest colours, the women wore golden chains and flowers and the men had shaven faces and shining hair. Around the fires they moved in a way I had never seen before. Their hands were in the air, turning like the heads of snakes, their eyes were dark and hungry and their hips were swaying in a way I knew was sinful. I could not look away.

So there, while Mami was inside showing Maria's hands to the doctor and Papi was hiding, not to get beaten up, hypnotised by the dancing and drunk from a feeling of which I did not

46

know the name, I stood on the back of the wagon and started puberty.

❖ ❖ ❖ ❖ ❖

Puberty was exhausting. Suddenly everything was changing. Everything looked different. I hated the clothes we were wearing. I wanted to look like the people on the town square. I didn't want to go with Mami to the stream anymore. I didn't want to play with the children. I became angry at things for reasons I did not understand. Everyday I was looking out for new people. Travellers, soldiers, strangers who looked different from us and carried the world with them. Looking at them made me feel better and warm and I would imagine I was one of them until the fire of a thousand forests was burning in my loins.

I didn't want puberty to end. I liked to have the fire and to feel angry. I knew when it was over I would have to be a man and I didn't want to be like Papi.

One day I had to walk with Mami to buy meat from the wagon at the crossing. Papi never left the house anymore. He waited for the people to come. As the word spread, they came from everywhere to look at Maria, and he would make them pay. One coin, they could look from the door, two coins or a chicken, they could come inside.

There was nothing to look at, just Maria sitting in the white dress Aunt Bolka made of the tablecloth her first husband had stolen from the whorehouse in Latva, and next to her Papi sat in the remains of a wheelchair he had found at the building site where he had his last job. But times were difficult and people were ready to believe in anything.

He looks like a pimp who had an operation, said Mami and closed the door.

47

At the crossing there were more people than usual. They were shouting and waving their arms but not about the price of potatoes or the flies on the meat, there was something else.

Trouble, said Mami.

We're dead, said a woman, They will come and they will come tonight.

The men have already gone, said another one, Into the mountains again.

What is wrong? asked Mami.

It's the townsfolk, said a woman, They were looking for a reason, now they got one.

The woman had two eyes that were not made for the same face and the more upset she got, the further they moved from each other. I looked at my feet.

There was a robbery, she said, Somebody broke into a food store. Pissed against the counter and stole the wine. And you know what that means.

The woman's voice went higher and higher.

You know what will happen! she screamed, Who do they blame? Us! More and more of them are coming from the other towns.

The woman's voice was so high nobody could hear what she was saying.

Hit her, said a fat one, My hands are full.

Wak! Mami hit the woman and her voice came down.

They will burn the whole settlement down, said the woman And not just us, you too. They will clean up both sides of the forest. And the police will just stand and watch like last time.

Where's Bolka? said Mami.

She's doing washing, said the fat one, She wants to die in her wedding dress.

We turned around and ran back to the house. We took food and blankets and went into the forest to wait. Papi went into the mountains. Always with trouble, the men left for the mountains. The women and children were safer on their own.

That night we watched them from the trees. They came with their dark eyes and their tailored coats and their tight pants and they cursed us and put our wooden house on fire.

And I was burning too. I was stunned by their power and their wildness. I was crying because they were beautiful. I could not look away. I was in love with the people who were burning down our house.

❖ ❖ ❖ ❖ ❖

It took us four days to get to the town of Borda. We walked with three other families until we saw the first smoke from the chimneys, then Papi said we should walk alone, we looked like the eleventh plague approaching.

Outside Borda we wiped our faces and cleaned our shoes while Papi looked for a tree to hide in. I walked with Mami and Maria, past the first few houses, round the corner down a narrow street.

In front of a dark little house stood two old women with big shoes and heavy clothes.

I beg you tell us, said Mami, Where do we buy meat and soap?

How well do you fly? asked one.

Lost my wings in a fire, said Mami.

It's a shame, said the other one, Such good weather for flying.

It's the chimney or nothing, said the first one, Only way to get in.

But we can't help you, said the other one, Our wings fell off. Didn't eat our vegetables.

Hmm, said the first one, And our shoes are too big.

They went into the house and we walked on.

There's the church, said Maria.

If you bleed, I'll hit you, said Mami.

We turned the corner and found the store, a square little building of red mud with pieces of wood nailed over the door and windows. In front stood a crowd of people, looking up at two enormous feet sticking out from the chimney.

She's been there since this morning, said somebody.

Get out, screamed a woman, I want sugar!

An old man turned around. You better stand back, he said to us, They're all nervous as it is, if they see you lot, there's no telling.

What is happening? asked Mami.

It's Pedro Alvaro, said the man, His eyes are no good, so the past few years he only makes big shoes. They all get stuck.

Why the chimney? asked Mami.

Only way to get in, said the old man, We need to eat.

What's wrong with the door? asked Mami.

Oh, they warned her many times, said the old man, They said, Christina Milente, you stay friends with Herta, we will nail you inside your store. Christina Milente is a good woman, but she never listens.

Herta, the singing woman? asked Mami.

She's one of you, said the old man, The people of Borda, they don't like the dirty skins, they smell blood. Herta came at night. Burned candles with Christina Milente, made songs and poems. All night long you could hear that voice, like a wolf at full moon. Where's my place? Where's my name? Where're my people? So they went and got her out and they nailed Christina Milente inside. A woman with no man, dirty skin or Christian, it's a bad thing. A woman who sings alone, she curdles the blood, she stops the line of children.

And Herta? asked Mami.

She sings where she hurts no ears, said the old man, You find the last street, you go round the big wall.

We turned and we ran like we always ran. We ran till there were no more houses and only one more street. We saw the big wall, we ran to the end and looked around it.

51

On the other side it was dark. The sky was gray and much lower, like a ceiling. There was a noise, like the wind, but nothing we could feel. The road was gone and the horizon was empty. In front of the wall, like a tiny dance floor, was a platform of clay, and mounted knee-deep in the clay, was a woman. Just above her one shoulder the moon was hanging.

Herta, said Mami, Herta, the singing woman.

The people of Borda, they made a statue out of me, said Herta. They feel safer now.

It is cold, said Mami.

The same hand that pushes you, said Herta, It lives here too. Are you without a man?

No, said Mami, He's in a tree.

Herta smiled. Oh, she said, How nature always takes them back.

What will you do now? asked Mami.

Well, travelling is out, said Herta, And it gets lonely. But the thing you miss the most is colour.

(Journalist:) I met him at the station. It was just after the war, late autumn, and I was on my way to Dachau. It seemed like every journalist in the world had some destiny that would give him the story of his career. I had just stepped off the train and I was trying to find out when the next one would be leaving, when I heard this voice.

Somebody was calling out names, at the top of his lungs, one after

*the other. When he got to the end of the list, he started from the top
again. Over and over, the same names.*

*I started pushing through the people until I saw him. Since the start
of my journey I had only seen people in dark and faded clothes,
wearing what they could find, trying to make a life with what was
left. He stood halfway up the stairs in a long, shiny fur coat, hold-
ing out his hands in this dramatic way. He stood there like the hero
of some tragic opera.*

*I was trying to get my camera from my bag when somebody pushed
him. He fell backwards. People stepped over him. And then I heard
that word for the first time. A man hissed at him. Softly but clear-
ly. Rubbish. And then somebody else. Rubbish.*

*I held out my hand to help him, but he made me wait. He simply
lay there, taking the abuse, like it was some blessing, long overdue.*

❖ ❖ ❖ ❖ ❖

I was standing outside Claus Wanda's castle with the left foot
of a very thin woman in my hand.

At first I thought she was extremely pale, but now I realised she
was yellow. She had that sick, powdery complexion that rich
people often had, almost like the top of a very thin shortbread.
In the centre of the shortbread were two vicious little eyes. At
that moment they were very dark. I could tell she was on heat.

I derive such pleasure from a saddle, she said and wiggled her
foot.

I lifted her onto the horse and stood back.

I always ride like a man, she said, With every gallop I defy
nature. Now lead me onwards.

53

I looked at the horse. There was some kind of strap round its face. I grabbed it and started walking.

Which way are you inclined? she asked.

Round the vineyards towards the river, I said.

No! she said, I meant men or women.

I do not think about it, I said, We have much work everyday.

Oh stop it, she said, You tease me.

Deep down in my throat I could feel the beginnings of a really bad taste.

I need my breasts to move, she said, Do go faster.

I started running.

Claus has such exotic taste, she shouted, Both in furniture and staff. I find it so refreshing. Wherever did he find you?

I went to the factory to ask for work, I said, But then he brought me here.

It is that face of yours, she said, So unusual. Do go faster.

I was sweating. I was starting to smell the horse. I thought of the meat-wagon at the crossing.

I love your little buttocks! shouted the shortbread, I adore the way they move! I think I will kiss them after dinner!

I felt sick.

After dinner I went to Claus Wanda. I looked at his beautiful face.

Please Sir, I said, I have a fever, I beg your mercy.

There is a world at war, he said in the most cultivated voice, The likes of you are vanishing like trash in a can. I give you safety, I give you work, I let you live like one of us, are you not grateful?

I said, I want nothing more than to be like you.

Then go on, said Claus Wanda, We have guests.

I started climbing the stairs and I looked down at my lord and master and I envied him. I envied him for every man who had to run to the mountains because he had no protection, I envied him for every man who had to sit in a tree because he had no power, and I envied him for every man who had to climb stairs to make love to a shortbread with vicious eyes.

❖ ❖ ❖ ❖ ❖

(Journalist:) I travelled with him for about 4 months. We climbed the steps to every archive left in Europe. Every library, every control point, every registration office, every deed office, every court house, every hospital.

We payed, we begged, we bribed with cigarettes and whiskey, but we did not find much.

Every day the same story. We would sit in some cheap restaurant, sipping bad coffee, and he would say, What do we know?

And I would say, You know what we know. The earliest record in the Romanian archive claimed that in 1360 a gift of 40 families

55

were made to the monasteries at Vodita and Tismana. From the 1939 book by George Potra we learn that the first slave families came from India. In what looked like medieval shopping lists, exchange rates were listed: a young couple for a few barrels of wine, one man for a garden, a girl for a pair of copper pots and a defective one for a jar of honey.

For centuries, as they spread through Europe, they could manage little more than raising their status from one of slavery to that of a massive social problem, second-class citizens with colourful clothes, illegal immigrants with dancing bears.

In convoys they crossed border after border, carrying with them their Muslim and Hindu rituals, but believing in no god. They spoke Romani, a mixed language with over 60 dialects, which up to this day has never been written down.

And what else? he would say.

Nothing, I would say, No more records.

Not even when, in the modern sunshine of the 20th century, they started disappearing with the Jews and the homosexuals and the disabled, was one name written down.

And every time at that point he would jump up and I would watch the tail of his fur coat dissappear through the door and I knew I would find him at the nearest station, loudly reciting his long list of names.

(from *La Mano Fría*, 1997)

Souvenir

Toe ons aan die show begin werk het, was ek nog nie seker of ek kastanjette wil gebruik of nie, maar nou dink ek, soos met die meeste goed in my lewe, kry dit maar, dan het jy dit.

Ek vind uit die enigste plek waar jy dit gaan opspoor, is in die middestad van Pretoria. Gaan parkeer onder die grond by die Staatsteater en vat die naaste trap winkels toe.

Nou as jy 'n langhaarpoedel vat en jy trek hom agteruit deur 'n posbus dat al sy kroese vorentoe staan en jy maak hom regop sit in die middel van 'n bakkie en jy kyk hom van agter af, dan weet jy hoe lyk 'n Pretoria-meisie op 'n date. En soos ek by die trap uitklim en my voet neersit in die gehawendste van shopping centres, so is al Pretoria se poedelmeisies op lunch. Daar's nie 'n gesig te sien nie. Massas hare is aan die beweeg, stroomop en stroomaf.

Langs my staan 'n poster wat sê R5 en langs die poster sit 'n vet vrou op 'n opvoustoel. Sy't 'n cool bag op haar skoot en sy plak spreekwoorde op pakkies gevriesde koeksisters.

Elke bok het sy hok, sê sy en kyk vir my.

Ek sê, Weet Antie waar's die souvenir-winkel?

Slap langs Jet, sê sy.

Sterk wees, Boet, sê ek vir myself, trek al my manlikheid op 'n knop en klim by die hare in. Na 'n dolle gestoei en mal van die hooikoors kom ek by die winkel aan. Hele venster is vol vals blomme en gewapende teelepels. Agter die toonbank is 'n vrou met 'n string blomme om die nek.

Ahoi! sê sy, En waantoe is ons op pad?

Ek sê, Ek doen 'n show.

Sies tog, sê sy, Met dié stemmetjie? Of tap jy?

Ek sê, Dis so half Spaans-Latyns.

Oo, sê sy, Ekself het al 'n krat spanspek gewen met die bossa nova. Daaityd was ons mos op Velddrif. Naweke vat ons die brug Vredenburg toe. Dan dans ons kompetisie in die Hawe-saal. Die ander val vroeg uit, maar ons kon die reuk vat.

Ek sê, Ek's te bang om te vra.

Nee, sê sy, Oopseisoen, dan pak hulle vis in die saal. Naweke dan word dié nou net weggeskuif vir die dans. O, as jy die vloer vat en hy swing jou so verby daai stack snoek, daai reuk slaat vir jou bo en onder, jy voel soos 'n meermin met 'n gaar vin. Maar ek kon dit vat, ballroom en footloose, ek was fiks, man, blou van die are.

Ek sê, My show is meer oor emotion.

Die blomme is agter jou, sê sy, So 'n angelier in die kop laat jou darem wragtag vrou voel.

Ek sê, Ek hoor julle het kastanjette.

Plastic en hout, sê sy, Ons het gedagtetjies uit elke land.

Ek sê, Vir wat? Dis Pretoria.

En wat wil ons meer hê, sê sy, Maar so met die afwaartse

gefladder van die rand, kom koop die paar wat nog kan rond-
vlieg hulle aandenkings maar hier as hulle terugkom. Die
meer gegoedes vat almal blou porselein, en dan die gays na-
tuurlik, mal vir 'n Callas-pop. Ons verkoop ook vreeslik baie
kiekies van Kerkplein, hulle dink almal dis Piaf se graf.

Die kastanjette is heel bo, sê sy, Die boks wat sê Olé. Jy moet
maar afhaal, ek sukkel so met die stoel.

Toe sien ek die wiel van die rolstoel by die toonbank uitloer.
Ek raak heel ongemaklik. Ek's jammer, sê ek.

Ja, ek ook, sê sy, Maar ek was seker hoog van die vis toe hy my
kom vra. Vat my vas en hy dans my dat dit voel ek vat vlam
en brand af tot in die blaker. Hy doen shows, sê hy. Hy't my
sien dans, sê hy, Wil ek saamkom, ons toer die land vol, sy
karavaan het warm water en als.

Ek dink nie twee keer nie, vry hom tot sy bors toetrek, pak my
blink rok en vat die pad. Eerste dorp stop ons voor die hotel,
ek sit my lipstick aan. Is hier 'n band? vra ek, Of dans ons met
die hi-fi?

Is jy mal? sê hy, Ek toor. Ek's Guiseppe en jy's Pinocchio. Ek
kul jou eers aan flarde en dan kul ek jou weer heel.

Dit kan 'n bottel whiskey ook doen, dink ek by myself, maar
ek bly tjoepstil. Daai aand lê ek plat in 'n boks. Hy laat val die
een lem na die ander. Dan lig hy die flap op. Ek weet self nie
waar ek is nie, maar ek is weg. Almal klap hande, toe toor hy
my terug.

So ry ons die land vol en ek kry g'n step gedans nie. Ek sê,
Guiseppe, wat van my talent? Hy gryp my aan die nek.

Dink jy ek gaan jou op die verhoog laat rondtrippel dat die

mense kan sê Guiseppe sleep 'n hoer in sy karavaan rond? skree hy, Weet jy wat dink ons van 'n meisie met talent?

Daai aand huil ek so, ek vergeet om die safety plank op te sit, ek klim in die boks en gaan lê oop target.

Guiseppe laat val die lem en toe pass ek saam met die audience uit. Hulle sê daar was soveel bloed, in die parking lot moes die ambulans uitswaai vir 'n rooi konyn.

Ek loer oor die toonbank. Die vrou lig haar skirt op.

Ek het niks gevoel nie, sê sy, Maar toe ek bykom, is ek 12 duim korter.

En dis hoekom daar nie kastanjette in die show was nie. Ek was te naar om die boks af te haal.

Ek moet gaan, sê ek.

Die vrou vat 'n Eiffeltoring en begin hom blink vryf. Geniet dit, sê sy, Ek mis dit so om te travel.

(uit *La Mano Fría*, 1997)

Waaiers

Die dag is ek in by 'n gift shop. Maar dis een van daai winkels waar jy orals teen die muur vaskyk, want die stock is te min. Alles staan so een-een op die rak soos by 'n tuisnywerheid net voor toemaaktyd.

Agter die toonbank staan 'n vrou met klipharde hare. Dit begin plat op die voorkop en loop dan op tot 'n helse punt bo en kom dan tot 'n einde met 'n skielike afgrond.

Ek sê, Môre, ek soek van hierdie waaiers wat so oopvou.

Waaiers vir wat? sê sy.

Ek sê, Ag, ek het 'n paar reuse vir aandete, ek wil dit graag op die roomys sit.

Ek voel nie gemaklik nie, sê die vrou.

Ek sê, Jy spuit dit te veel. Hoekom dra jy dit nie los nie?

Ek praat van jou, sê die vrou, Dit voel nie vir my reg so met jou in die winkel nie. Wat vir 'n man loop rond met 'n pelsjas en koop waaiertjies?

Ek sê, Wat is dit met jou? Ek dra my jas oor dit vir my mooi is en ek soek die waaiers vir my show.

Ja, sê sy, Ek weet presies wie jy is. Ons sien vir jou. Maak van alles 'n sirkus. Vertrap die volkskern met jou boheemse gefuif. Jy maak net 'n gek van jouself.

Ek verkyk my aan die vrou.

Reg bo-op haar kop verskyn 'n klein mannetjie op ski's. Hy skuif sy bril reg en ski met 'n helse vaart by haar middelpaadjie af en val plonks in die bak uitveërs op die toonbank.

Ek sê, Ek glo nie wat ek sien nie.

Dan beter jy jou oë oopmaak, sê die vrou, Ons probeer bou aan orde, aan 'n tradisie, aan 'n volkseie. Dan kom jy met jou tabberds en jou los bek en maak 'n bespotting!

Bo-op haar kop verskyn nog 'n mannetjie. Hy't 'n bloedrooi outfit aan met 'n hamer en 'n sekel op die bors. Hy buig sy knieë en ski woerts af met die skuinste en val met 'n boog in die bak.

Ons het kinders! sê die vrou, In wat moet hulle nie alles vaskyk nie.

Ek sê vir die vrou, Jy weet van my niks. Wat weet jy van waar ek af kom, hoe weet jy in wat ek moes vaskyk? For all you know, was my pa heelpad missing, dalk moes ek heeltyd kyk hoe suffer my ma om 'n dak oor my kop te hou, for all you know, is my suster 'n saint met bloeiende hande. Dalk het ek al 22 ander jobs gehad. En nou kom besluit jy ek is breindood oor ek 'n jas dra en shows doen.

Die vrou is nou spierwit van woede. Onder haar kuif klim twee mannetjies uit met stewels. Hulle gooi 'n tou oor haar kop en begin klim.

Ons soek nie jou soort nie! skree die vrou, Alles word vertrap en opgemors! Iemand moet betaal!

Die mannetjies staan nou heel bo-op haar kop en plant 'n vlag met 'n swastika.

Ek sê, Verskoon my. Hier staan jy en gal pis met 'n kop wat lyk soos die Alpe en 'n winkel wat lyk soos Auschwitz en dan rek jy jou bek oor wie inpas of wie nie. Fok jou en fok elke volks-eie tradisie wat nog ooit gesorg het dat een mens 'n ander een judge.

Die mannetjies waai die vlag heen en weer.

Ek sê, Dis buitendien alles in jou kop.

Die vrou val vooroor op die toonbank. Al twee mannetjies val in die bak.

Ek mis hom so, huil sy.

Ek sê, Hy's in die bak. Hulle's almal in die bak.

Hy's dood! skree sy, Niemand weet eers van hom nie. Agtien jaar oud sit hulle hom op die grens. Hy't niks gedoen nie, nie 'n skoot geskiet nie, toe trap hy die ding af. Vir wat moes ek hom grootmaak?

Ek sê, Die hele wêreld mis iemand. Hang sy kiekie in die win-kel, loop skree sy naam op die stasie, gaan hou 'n plakkaat voor Loftus, plant 'n boom. Iewers is 'n groot hand wat jou goed vat wanneer jy dit nie verstaan nie en elkeen probeer dit terugkry op sy manier, dis fine.

Vier mannetjies loer by die bak uit.

Het jy rêrig reuse vir ete? vra die vrou.

Ja, sê ek, Hulle klim elke aand af met die rank.

(uit *La Mano Fría*, 1997)

63

Deeg

Waar ek vandaan kom, het dit gelyk soos enige ander dorp.

Welkom, sê die bord, dan ry jy deur die laaste landerye, verby die ry bome, dan die arm deel en dan die hoofstraat met die sirkel. Langs die stadsraad staan die kerk en bo teen die bult staan die skool.

En dis daar waar ons dorp se begin en einde lê.

'n Maand na die damwal breek, sterf die Smitte se ouma aan vog, hulle vat die erfgeld en koop 'n duur sonwyser vir die skool se tuin. Uit dankbaarheid, sê hulle, dat die vloed darem die huis gemis het.

Die volgende jaar word die Smit-kind hoofmeisie.

Mevrou Fought is so kwaad sy breek haar karsleutel af in die deur. Moet ons hulle nou omkoop? skree sy. Van sub A af is sy al besig om Slim Lita af te rond, vir wat? Daai nag vat sy 'n baksteen en loop moer die sonwyser so skeef, dis heeljaar drieuur.

Volgende dag verklaar die dorp oorlog. Niemand sê 'n woord nie, maar die hel sit wit in hulle gemoedere. Dit lieg en bedrieg, dit bou op en breek af, dit koop om en pers af. Niemand bly agter nie. Tjoepstil en doodgeskrik sit die kinders in die skool terwyl hierdie magspel homself uitwoed. As die een ma 'n komitee stig, dan stig die ander een 'n raad. As die een 'n fonds insamel, hou die ander een 'n kollekte. Binne 'n jaar is die skool twee verdiepings hoër, met 'n lift, 'n swembad en 'n visdam.

64

Deur dit alles bly Stil Freda aan die kant van die dorp in 'n misverstand van 'n huis. In 1972 het haar man gaan brood koop en nooit weer teruggekom nie. So vir jare sien sy die lewe alleen deur en maak kind groot. Dié is klein Wandatjie, een van daai spierwit kinders wat die lewe sonder enkels inkom en vir ewig lyk of hulle in dryfsand staan.

Jaarin en jaaruit kyk Freda hoe haar kind stil-stil suffer deur al die kompetisie by die skool en soos Wandatjie haar matriekjaar begin, besluit sy sy moet haar ding doen. Ses maande voor die matriekafskeid hou sy op rook en begin haar sigaretgeld spaar.

Maar so met die skielike ophou rook, begin sy allerlei smake ontwikkel, gee haarself gereeld oor aan die oorweldigendste drange en dis net drie weke toe's sy verslaaf aan pannekoekdeeg. Nege-uur in die oggend dan drink sy al haar derde glas.

So begin sy stoel tot 'n formidabele grootte geteister deur die verskriklikste winde.

'n Week voor die matriekafskeid sleep sy haar groot lyf tot op die bus en op die volgende dorp loop koop sy vir Wandatjie 'n paar dansskoene. Terug by die huis haal sy haar trourok uit die kas uit en kook vir hom twee ure lank met 'n tuinbeet en toe Wandatjie van die skool af kom, hang daar 'n pienk rok op die draad.

Dié aand daag die hele gemeenskap, slap van die skuld, gaar van die senuwees en verteer deur die jaloesie, by die skoolsaal op om hulle verruklike kinders af te lewer.

Freda besluit sy mis haar oomblik van glorie vir niks. Vroegaand drink sy 'n groot glas yskoue pannekoekdeeg, vat haar kussing en gaan maak haarself ongemerk tuis agter die tuintoneel in die hoek van die saal.

Trots sit sy en kyk hoe dans Wandatjie om en om die baan sonder enkels. Wandatjie sweet dat die beet sulke pienk vlekke op haar loop sit, maar sy dans te heerlik.

En so van die gesit agter die tuintoneel begin 'n deegwind sy pad terugwerk deur Freda se monumentale gestel. En dat die gevlekte Wandatjie soos 'n pienk batik weer verbygewals kom, verlaat hierdie wind Freda se keelgat soos 'n hoeksteen uit 'n fort. Sy blaas die tuintoneel dat hy soos 'n eiland teen die oorkantse muur loop sit.

Stom van die slag en oorweldig deur die deegwalm sit almal soos lam lyke in 'n slagveld van vanilla.

Freda verrys uit die hoek uit op en vee die mos van haar af.

Dans, my kind, sê sy. Dans soveel jy wil, môre skrop ons jou weer spierwit.

Toe loop sy by die deur uit. Buite buig sy die sonwyser se punt reguit en stap huis toe met 'n warm hart.

(uit *Pie Jesu*, 1997)

Deeglik

Op 'n dorp met 'n naam wat niemand sal verryk nie, het ons gebly. Gewone storie van diékant en anderkant die treinspoor, kerk, biblioteek en pleintjie in die middel, en die hoofstraat kan jy alkant sien eindig.

Net so off-centre – niemand het geweet is dit bo- of onderdorp nie, maar net vir ingeval het jy jou besigheid gedoen en pad- gegee – het 'n peanut-geel geboutjie effens te regop gestaan. Dit was die uiteindelike paradys van ou Servikz Bolgarov en sy vrou.

Dié twee het jare vantevore gevlug uit een of ander land met 'n gordyn, maar niemand kon uitvind presies waar nie, net dat ou Servikz twee dae op sy maag by 'n berg afgeseil het met sy vrou op die rug, en eenkeer mol geëet het vir oorlewing.

Hulle kies toe ons dorp as vesting (losgat Annelise sê dis oor die Oosblok-grys waarmee die munisipaliteit geverf is) en be- gin 'n bakkery. Die vrou teel Dalmatians, die kolle laat hulle vreeslik koeëlvas lyk. (Toe ek in standerd 8 was, het sy al sewentig gehad, want op ons dorp was daar nie 'n behoefte aan dié spesifieke hondsoort nie.)

Servikz bak brode en plat koeke met bestanddele, geure en vorms wat ons nog nooit van gehoor het nie. Semolina, polen- ta, rog, alles voer hy in van verre, verre lande, maak suurdeeg met sulke donker aartappels en ruk die een oorlogbaksel na die ander uit die oond. Maar die goed hou langer as lorrie- brood, 'n week of wat, en gou eet die hele dorp Servikz se suurdeeg.

Dié een Donderdag voor Paasnaweek sit bitter Mercia Ruyswyk af bakkery toe om te gaan opstock vir die publieke dae, koop bolletjies en 'n onwrikbare rogbrood.

Vrydag na kerk sit Mercia die rogbrood op die tafel in haar seegroen kombuis en lig die mes. Toe sê die rogbrood met 'n krakerige stem, Worstevroknova!

Mercia verloor haar bewussyn, val 'n seegroen stoel se leuning af en kom eers teen kwart oor twee weer by.

Gwaztnovmadunschtika, sê die brood van die tafel af.

Mercia moet onmiddellik die toilet gebruik en in haar flou-heid onthou sy die brood het nie beentjies nie. Sy's uit by die deur.

Deur al die jare bly daar iets aan 'n spoeltoilet wat menige vrou moed gee in die vreemdste van tye, en twee minute later spring Mercia met 'n kreet (wat gewoonlik net deur 'n on-langse virgin in 'n plattelandse Holiday Inn uitgevoer word) om die kombuisdeur en slaan die brood een hou middeldeur met die spaarbed se kopstuk.

Op die tafel lê 'n transmitter met 'n knop en 'n aerial. Mercia herken dit dadelik, die swart-en-wit movies het dit almal. Koop Servikz sy rog in Hollywood? Dryf hy handel met Bos-nië? Eet ons meel uit Moskou? Die moontlikheid lê enige rig-ting.

Mercia stap tot by die tafel. Sy buk vooroor en draai die knop. Sy praat in die transmitter. Haar stem kom hees uit.

It's my first time, sê sy.

Net anderkant Moorreesburg trek 'n graanlorrie van die pad

af. Die drywer maak sy broek oop en sit agteroor.

Hierdie huisvrouens, sê hy, Hoe kom hulle op die lug?

Hy gryp sy transmitter. Talk to me, sê hy.

(1997)

Kermis

Hier vroeg in die hoërskool, standerd 7 het net begin, sit ons almal in die klas, mal van die aknee en vuil gedagtes. Ja, sê Juffrou Cloete, Die fabriek op die dorp het helfte van die werkers afgedank weens die swak ekonomie, dinge op die dorp gaan verander, ons sal moet saamstaan.

Juffrou Cloete is net die vorige jaar klaar met kollege, ons hoor nie 'n woord nie, ons wil net weet of haar ferm voorkant in 'n bra is of nie, ons is beneweld van puberteit, bronstig tot in ons naele.

So veg ons deur die brandende vuur op pad na volwassenheid, daar's nie tyd vir die gemeenskap of sy geldsake nie. Maar dis nie lank nie, toe begin die armoede saamkom skool toe. Die Basson-kinders begin eerste stink en 'n week later die Vissers. Na 'n maand ruik daai skool soos die slagpale. Slim Corlia val elke periode flou, want sy weier om asem te haal, Juffrou Cloete het heeltyd griep van by die venster uithang en die res van ons is so gesnuif aan die uitveërs, jy val vier keer van jou fiets af voor jy die hek tref.

Na nog 'n maand is die plaaslike onderwys lamgelê. Dis genoeg, besluit die skoolhoof, nou moet die armes gehelp word. Hy kondig 'n kermis aan, almal moet deelneem dat hierdie dorp op die been kan kom.

Elkeen wat kan, bring sy kant. Die De Kock-vrou bak soveel kluitjiepasteie dat haar been weer gespalk moet word, die Engelse daag op met 'n kombi vol peperment-meringues, die Brandte bring hulle dwerg-ouma, vir R5 maak sy jou rêrig skrik, en op die tennisbaan kan jy die Bakkesse se vark of se ma gaan vang, hang af hoeveel jy betaal.

En toe kondig Willempie Stone se ducktail-pa aan om presies eenuur spring hy met sy Opel oor 'n bus.

En waar kry jy 'n bus? vra die De Kock-vrou.

Ons verf 'n stuurwiel op jou groot gat, sê die Stone-man, Hier's mos 'n skoolbus.

Se hel, sê die De Kock-vrou, Ek het daai met pasteie betaal, jy loop spring op 'n ander plek.

En waar gaan jy land? sê die skoolhoof, Nie hier nie.

Ja, sê die Brandt-vrou, En jy rev nie daai kar voor die kinders nie. Net skollies rev. En hoere.

Waar kry jy 'n hoer met 'n kar? sê die Bakkes-vrou.

Het jy 'n spieël? sê die Brandt-vrou.

Toe vat die Bakkes-vrou die Brandt-vrou agter die skool in en moer haar dat sy vir ses maande deur 'n strooitjie moet eet.

So loop die kermis tot 'n einde sonder dat iemand weer gedagte kry aan Willempie Stone se ducktail-pa.

Sondag sit almal in die kerk vir die dankdiens, die armes het weer water en ligte.

Ja, sê die predikant, Eerder as oordeel, laat ons die hand uitsteek. Kyk hoe mooi lyk dinge nou.

En toe's daar 'n slag wat die aarde laat skud. Ons gryp ons harte en hol by die kerk uit.

Buite is dit pikswart van die rook en by die pad steek 'n halwe

71

Opel uit. Aan die ander kant van die Engelse se kombi staan twee planke skuins teen 'n trailer en op die kerk se trap lê 'n ducktail-skoen.

Hy's wragtag bo-oor, sê die De Kock-vrou.

Ons staan tjoepstil en kyk na die gat en die rook en die dooie ducktail-man. Langsaan staan Willempie Stone. Hy huil glad nie, soos ons kyk so swel sy bors.

Maandag by die skool val Willempie kort-kort uit die ry uit, want hy loop op ducktail-skoene en dié's geheel en al te groot.

(uit *Slow Tear*, 1998)

Katsu

It was 1944 and Japan was frail. Hardly breathing she lay under the American hand. Her cities were defeated, her tea houses were closed and her trees were without blossoms.

The geishas, jewels of the Oriental crown, had lost their faces. Bleak and ordinary they slaved in old silk factories, now used for the making of parachutes and aeroplane parts.

In the early evening of a cold 4th of January, in the backroom of the Isamu factory, Yoshia Kita closed her eyes and put an American cigarette between her lips. She smoked with passion.

Then she ate a chocolate and watched Lieutenant George Ducas free his soldier's body from his uniform. Yoshia Kita threw back her head, spread her legs and let out a soft cry.

The next morning she had bruises on her neck.

Shameful whore, hissed old Ma Suyo and slapped her in the face.

Eight months and two weeks later, one month after the war had ended, I was born. Ma Suyo took me in her arms and looked at my Western eyes. Shameful whore, she said and slapped Yoshia Kita in the face.

Yoshia Kita closed her eyes and complained of a headache.

❖ ❖ ❖ ❖ ❖

By the time Yoshia Kita's headache was over, I was nine years old.

Old Ma Suyo took my hand and dragged me up the stairs.

Shameful whore, this is your son, she said.

Yoshia Kita sat on her knees in front of the mirror. Her face was painted white with black lines round the eyes and a tiny little mouth.

My name is Katsu, I said.

I cannot hide him anymore, said Ma Suyo, He has to go to school or he has to work. I cannot run the okiya with the burden of a bastard child. You have to make your decision.

And then, only once, Yoshia Kita lifted her eyes and looked at me.

She did not say, My, but you have grown, or, I miss your daddy. She did not turn to Ma Suyo and say, Leave him with me. She lowered her eyes and said, I have customers. Who is it that brings food into this house?

Then she touched the ornaments in her hair and Ma Suyo dragged me down the stairs. From tomorrow, she said, You will go with the wagon to the government school in the new district. And you will frown a lot so they will not ask about your eyes. In the afternoons you will come back and work in the kitchen to earn your stay. You have no mother. When you turn sixteen, you will go and forget this place.

Every morning from then on I went to school and frowned. Then I came back and learned how to clean vegetables and carry tea. In the evenings I sat in the courtyard and watched the apprentice geishas practise. If they played the wrong notes on the shamisen or dropped a fan, Ma Suyo would appear from nowhere and slap them in the face. I quickly learned how cruelty bred elegance. How coldness and beauty lived together.

One night, while I was lying on my mat, one of the girls lifted the screen and came to sit next to me. A geisha is trained to entertain, she whispered, And only when the customer fully understands and appreciates the value of her art and many skills, may she give herself.

She put her hand under the cover.

Never out of lust, she said, They will always make you pay for the sins of your mother. But I dream of the foreigners too.

And as her hand got hold of me and led me through the gates of paradise, she put her mouth over my ear and told me about the boat.

❖ ❖ ❖ ❖ ❖

I was standing naked in a small dark room. The man put his hands on me and spoke with a heavy accent.

You will make a fortune, he said. For one year I take 50%, after that we talk again.

I was 15 years old and still believed in obedience. I put on my clothes and stepped outside. Two men in suits took me to the boat and showed me where to hide. I made the journey from the East without being seen.

❖ ❖ ❖ ❖ ❖

Istanbul, 1961. In a quiet little street behind the Hotel Barbarossa an unmarked flight of stairs led down to the doors of the Golden Cage. There were many of us, dressed up in birdlike outfits and doing our acts in different rooms. Some were dancers, some were acrobats or jugglers, others waited on the guests who watched in luxury and silence. Afterwards they would make their choices. The boys were young, beautiful and mindless.

Me, I was a flower. Exotic and fragile I stood next to the piano, my face painted like that of Yoshia Kita. And as I sang, they watched. Like they never saw a thing before. Even those who afterwards took me upstairs, they wanted nothing but to watch.

For the first time I was being looked at. And I learned that only when you're looked at, then you grow arms and legs, hands and feet, a face and a heart.

❖ ❖ ❖ ❖ ❖

It was 1968 and I was performing at the Purple Room in Berlin for the first time.

From the first moment I walked onto that stage it became my favourite venue. We had an audience other theatres could only dream of. Cultivated, well dressed and discreet they sat at their tables. Royals, diplomats, dealers, assassins, gangsters, and spies. Men who not only controlled governments and borders, organised the drug trade and closed arms deals, but also owned fashion houses and car factories.

These were the people who ran the continent, gentlemen equally dedicated to blowing up a building, shooting an ex-Nazi or enjoying an evening of exquisite entertainment.

It was a Tuesday night, a quiet evening and I was trying out a new routine.

As the music started, I entered with only a small spotlight from behind. I used two fans that I slowly opened above my head, transforming myself into a lilac butterfly. Then I moved one fan across my face until I glanced over it at the audience. I knew this would drive them wild.

Hey, one eye, said a voice, What the hell are you looking at?

I was so startled, I dropped one of the fans.

Why don't you stick the other one up your ass and pretend you're an aeroplane, said the voice.

At the table right in front of me sat a fat man with a red face. He had red cheeks as big as furniture and two little red eyes trying to see over them. A piece of chicken skin was hanging from his chin.

I see your brain is on the outside, I said.

What do you want? said the man.

I said, Excuse me?

What do you want from us? said the man, What are you, a freak? We come here for a good meal and some fun and what do we get? A half-bred little ding-dong in a tablecloth! What the hell are you doing?

What I get paid for, I said, I entertain people, I make them forget.

Forget what? screamed the man.

77

Where they come from, I said, And what they carry with them. Trash doesn't, but people aspire to things, they dream about things and they have secrets, and the world takes it from them. For a few moments every night I try to give it back.

The fat man broke a wind. Well, hell, that's all I got, he said.

I said nothing. I left the stage and went to my dressing room. I cleaned my face and called for Suzanna. Suzanna was my assistant. She came through the door with her cheeks burning.

I saw the light! she said, He's tall and blond with Italian shoes. He sends you this.

It was a violet. A single flower with a note. No-one will bother you again, it said.

Two hours later they found the fat man. He was sitting dead in his car, wearing a violet in his buttonhole. He'd been shot through the heart.

❖ ❖ ❖ ❖ ❖

It was always the same pattern. I would get out of the taxi about two blocks from the restaurant or coffee shop. I would walk until I could see him clearly and then I would wait until his order had arrived.

I would be dressed in one of my perfectly cut suits, always Dior, white shirt and silk tie. My head shaven, shoes and briefcase the same leather, sunglasses the latest.

The waiter would be gone, the man would sip his coffee, maybe read a paper. I would wait another minute and then walk up to him.

78

Excuse me, Sir, I would say and put my hand on the chair opposite him. Do you mind?

The man would shrug or say, Go ahead, and continue reading his paper. I would sit down and order exactly what he was having.

And then I would say, Lovely day, isn't it? The man would look up and say nothing.

Almost as if something extraordinary is about to happen, I would say.

The man would cough and start looking around.

In fact, I would say, I have the feeling that soon you are going to make the world a much better place. Make an enormous contribution.

I would lean over. Wouldn't that give you the greatest satisfaction, I would say, Almost like somebody secretly touching you. At this point the man would show the first signs of being really uncomfortable. Are you talking to me? he would say.

I would take off my glasses and look him straight in the eyes. You are like a TV, I would say, Everytime I push a button you change colour. You were a nice caramel when I got here, now you're beige, last night you were pink.

I don't know what you're talking about, the man would say.

See? I would say, Now you're white. I would open my brief-case and take out a photograph.

What I have here, I would say, Is a picture of a bloated pink pork being massaged by an exotic-looking Oriental woman.

79

And the more I look at it, the more it looks like you, except for the colour, of course. You've just turned blue.

Who are you? the man would whisper.

I would put my hand inside the briefcase again. Then I would take it out and with my finger I would draw a white line from my forehead to the tip of my nose, then one under the right eye and one under the left. Recognise me? I would say.

The man would open his mouth and turn green. I would take a napkin and wipe my face. I would close my briefcase and leave without looking back.

I knew Hugo would appear and take my place before the man could move. What he would demand from the man, who the man was, whether it was business or politics or how dangerous it was, I never knew. My assignment was over.

For almost 19 years that was our agreement. Since that first night when he so graciously defended my honour and Suzanna so passionately fell in love with him. He provided protection, a luxurious apartment and more money than the Vatican, and I delivered his victims to him.

At any given night I would find a single violet in the dressing room and I would know. During the performance Hugo would enter the club, move between the tables and give a slight nod when he passed the victim.

After the show I would invite the gentleman for a drink. Within minutes I would have him undressed. Hugo waited in the next room and photographed the event through a screen. Next day the man would be helpless. I had no details but I suspected we brought empires to their knees.

For 19 years I never asked questions and I never looked back. For 19 years Hugo never saw my real face. And for 19 years Suzanna looked at the violets and thought we were lovers.

Until the night I called Hugo to the dressing room.

You look wonderful, I told him.

And so do you, he said.

No, I said, Yoshia Kita does. That's who I've been painting on this face. The shameful whore who only looked at me once. Tonight, after 19 years, I will wipe this face and for once you will look at me. And tomorrow night I will do my last show. I will go to America and I will find Lieutenant George Ducas and for once I will make him look at me. Then I will find a nice place and I will retire.

Hugo said nothing. He watched me clean my face and then he left.

The next night Suzanna was standing in my dressing room with her cheeks burning. She was holding a violet.

But I told him! I said.

Oh no, said Suzanna, This one is for me.

❖ ❖ ❖ ❖ ❖

On the 18th of October 1987, exactly two years before the Berlin Wall came down Katsu Kita gave his last performance at the Purple Room.

That night after the show he talked briefly to a few patrons, handed out gifts to members of the staff, went into the dressing room to change and left through the back door.

His assistant, Suzanna, walked with him.

At the corner he stopped and turned to face her.

Don't be sad, he said.

Oh no, said Suzanna, I have my first assignment.

Then she took a tiny pistol from her bag and shot him in the fore-head.

Katsu Kita was found two hours later, lying motionless in a perfectly cut suit, white shirt and silk tie.

(from *Violet*, 1998)

Spanning

Ek het net my eerste verskyning in 'n tydskrif gemaak, die hele land is upset, nou doen ek my eerste toer.

En so ver soos ek gaan, so kom hulle in opstand. Stadsrade, vrouefederasies, kerktydskrifte, elke ding met 'n plooi draai dit na my toe. En so raak ek gespanne. Teen die tyd dat die vrou op Ceres vir my skree vir wat is haar seun 'n vlugkelner, hulle't dan 'n plaas, is ek al so benoud, ek haal net Maandae asem.

Nee, sê die meisie wat klavier speel, sy ken 'n vrou wat werk met stres, ons moet net bel.

Bel die vrou. Ja, sê sy, Dis nog net tandartse en terroriste wat meer stres as mans met make-up. Jy moet jou gedagtes afkry. Camomile-tee en 'n hobby, dis al wat help.

Volgende dag klim die klaviermeisie in die kombi met 'n warmwaterfles,'n krat geel wol en 'n tapisserie met die gerus-stellende ontwerp van drie sonneblomme en 'n mielie. Begin in die middel, sê sy, Dan werk jy vir jou uit kant toe.

Ons het die aand 'n show in Virginia. Ek sit agter in die kombi met 'n skoot tee en 'n dik naald, ons vat die pad. En soos die Camomile begin werk, so raak my arms al hoe slapper, teen die tyd dat ons die Vrystaat inry, het ek nog net een mieliepit borduur. En soos ons die grondpad vat Virginia toe en die kombi gaan aan die skud, so steek ek myself drie keer in die arm vir elke steek in die lap. Teen die tyd dat ons voor Virginia se skoolsaal stilhou, het ek al soveel bloed verloor, hulle moet my dra tot by die voordeur.

Sit hom neer, sê die opsigter, Julle moet hom verf, die spul raak rumoerig.

Die show is eers vanaand, sê ek.

Hier's g'n show nie, sê hy, Hulle soek jou op die agterpad voor die son sak.

Ek sê, Ek voel gespanne.

Borduur nog, sê die meisie.

Julle moet kom! skree die man, Daai Hester-kind is al flou ge-blaas.

Ek sê, Het sy dronk bestuur?

Sy's dan blind! skree die man, Sy't 'n skilpadjie met vyf gaat-jies in die dop. Sy blaas vir hom soos 'n panfluit, jy sal dink dis 'n tape. Sy't eers klokke ook gespeel, maar toe op oom Wemmer se begrafnis pak haar ma die klokke verkeerd uit, en toe sy speel, toe's dit Saai die waatlemoen. Sy't nooit weer haar hand op 'n klok gehad nie. Heel van die scene af, tot haar pa die skilpadjie raakloop tussen die kool.

Ek sê, En wat het dit met my te doen?

Ou Wim Booysens het 'n bus Japannese op die agterpad vas-gekeer met sy veldgun, sê die man, Hulle't band omgeruil by sy garage, toe steel een 'n blikkie Coke. Ou Wim sê hy wou hom nog agterna sit, toe lyk hulle almal dieselfde. Toe jaag hy die bus in en skiet weer die band pap. Hy sê wat te erg is, is te erg, het jy al gehoor die boere loop steel Coke in Japan? Hulle sit al van vanoggend af langs die pad. Twee dorps-vrouens is nou hier weg Welkom toe om te gaan Tastic haal, hulle kan nie die mense laat omkom nie. Ou Wim sê daar's nie

84

'n kans nie, hulle lyk al vir hom klaar meer as vanoggend. Hy't vir hulle beduie die skuldige moet homself net oorgee, toe vinger hulle vir hom terug hulle steek eerder die bus aan die brand. Toe laat weet mevrou Louw van die skool af, al hoe jy 'n Japannees kalmeer, is met musiek.

Ja, sê die man, Hester se skilpad en jou bleek gesig is ons laaste kans, ry net agter my aan.

Teen die tyd dat ons by bus aankom, is ek wit geverf en so vol Camomile, ek is slap van voor af.

Ons hou jou regop, sê die klaviermeisie, Sing net wat jy kan onthou.

Langs die pad staan 'n bus halfpad by 'n sloot af, teen die draad sit Wim Booysens met sy veldgun, en agter die bus huil blinde Hester kliphard.

Sy't net die skilpadjie neergesit vir 'n bietjie water, toe loop hy weg, sê haar ma. G'n mens kan hom kry nie.

Ek sal ook loop as een my in die gat staan en blaas met Song of Joy, sê Wim Booysens.

Toe help hulle my by die kombi uit, in die bus lig 100 Japannese hulle kameras en ek sing my mooiste liedjie.

En soos ek die laaste noot klaarmaak, gaan die busdeur oop en 'n klein Japannesie klim uit en sit R2,00 in die pad neer.

Veilig ry, sê Wim Booysens en loop vat sy geld.

(uit *Violet*, 1998)

85

The return of Steven

It was on the Tuesday, at the washing line, while Ems was hanging out the top sheet of her lonely bed and the autumn wind blew it back against her, it was then that she remembered she had breasts.

In wonder she looked down. And there they were, in the same place she last saw them. Ems lifted her hand and touched the one on the left. Then she lifted the other hand and held them both. They reacted the same way they did on their wedding night. When he so carefully touched them. Ems had been so grateful she married a sensitive man that she did not mind when he fell asleep without doing much else.

Betty Black and the Simmons woman were watching from Betty's kitchen window.

She's doing the breast thing, said Betty Black.

Well, he practically left in his wedding suit, said the Simmons woman.

It was true. Only days after they opened the gifts, while they were still awkward and strange to each other, he left for the war. At the station Ems cried more than the other women. They had memories, she had none.

Back at the house she packed away all the gifts and started to wait. She had no clue about war and what the waiting did to the women. She didn't know how ugly it made them and how old. Long after the others forgot their vows and started opening their doors and other parts to the menfolk who were left, she was still waiting.

Every day she wrote tearful letters to the beautiful man she married and hardly knew.

Twice he wrote back, both times the stamps were smudged and she still didn't know where he was. She started going down to the government office every day and would not believe them when they told her they had no file on this man.

Then, only after months had turned into years and brides had turned into whores, they started coming back. Every day the train delivered more of them. Pale, broken and impotent they returned to their previous lives.

Ems started cleaning the house like there had been a party and on the Tuesday she discovered her breasts, on that same day, Steven opened the door and looked at her in disbelief. Ems threw herself against his chest and cried more than she did at the station.

Then she cooked him the best meal you can cook after a war and watched how he ate almost nothing. That night he slept like a tired man while she pressed her breasts against his back.

The next morning the neighbours came to look at him.

He doesn't look like war to me, Betty Black said at the gate.

Skin like a baby, said the Simmons woman.

Ems heard nothing, she had too much to be grateful for.

Steven took a night job on the other side of town. At some bar, he said, You have to take what you can get.

So they slept at different times and he never touched her. Ems kept herself busy, all day, every day. She started living like every unwanted woman, high on pain and looking for trouble exactly where it was.

And one day she got on the wrong bus. By the time she realised it, they were in a part of town she'd never been before. Stay on the bus, said her head, but her heart was wilder.

She got off on the corner and walked across the street. She was walking towards a building that looked as bad as only a night-club can in the middle of the day. Turn around, said her head, but her heart was wilder. She walked right up to the door and found trouble like it was waiting for her.

On the door was a poster and on the poster was Steven. With skin like a baby and breasts more perfect than hers.

She leaned against the door and whispered, That woman.

That's Orchid, said the doorman, She's our best.

How long? whispered Ems.

Since the beginning of the war, every night, said the man, Show goes up at nine.

That night, after Steven had left for work, she cried a bucket full of tears. Then she thanked the Lord for a husband and prayed Betty Black and the Simmons woman never take the wrong bus.

(from *Slow Tear*, 1998)

My nefie Vester

Dis alombekend dat ek uit 'n baie hegte gesin kom, maar verder as die ouerhuis kan ons nou nie beskryf word as familievas nie, hoofsaaklik weens die feit dat die een kant van ons familie uit 'n onbehoorlike agteraf bloedlyn stam. Hulle woon almal so teen die Weskus op en dié's wat verder as st. 6 gekom het, bly al vir jare so kol-kol in die buitewyke van die Paarl.

Buiten dat hulle op hulle beste dag eenvoudig wêreldvreemd is, is die hele lot bysiende. En as gevolg van 'n hoogs oordraagbare en noodlottige klier, word dit erger by die geslag. So dik is hulle brille, op 'n warm dag brand hulle 'n gat in jou hemp as jy te lank groet.

Oogkontak vermy jy heeltemal, daai oë kyk vir jou soos goudvisse uit die hel. My ouma sê, Kyk net af, hulle sal vir jou hipnotiseer dat jy jou hele boedel opgee.

So sit Ant Minnie se kombuis al vol bebrilde dogters, toe raak sy weer swanger. My ouma sê dis kindermishandeling, die stomme goed lyk soos 'n bottelstoor, wie de hel gaan met hulle trou.

Dalk het sy geweet dit kon nie erger nie, of dalk is sy daai tyd betaal, maar so kondig Ant Minnie aan hulle soek vrywilligers, sy doen een van die eerste watergeboortes in die land. Drie weke voor die beplande datum laat hulle haar toe te water en na een van die morsigste halfure in die mediese geskiedenis kom my nefie Vester die lewe binne met 'n helse tekort aan suurstof. Standerd 7 toe snak hy nog na sy asem.

Boonop is hy so bysiende, hy moet omtrent 'n Pyrexbak dra

om iets te sien. Die kind lyk soos 'n lasagne, sê my ouma, Julle moet hom laat aanneem.

Niemand sit voet naby Vester nie. En van te min suurstof wil sy kos ook nie verteer nie, dit loop sit direk aan sy buitekant. Standerd 8 toe's hy so breed soos die straat.

Kersfees moet ons gaan kuier. My pa sê hy slaan ons dood, ons moet met Vester ook gesels, ons sê ons gaan opgooi. Ouma sê dis by die skool ook so. G'n mens wil by hom inmeng nie. Sy pa wil hom glad uit die skool uit haal, maar wat doen hy dan, as jy so sleg lyk, vat net die Polisie jou. Is jy mal, sê Ant Minnie, Hy skryf dan gedigte.

Iewers deur dit alles moes Vester seker begin het om ontuis te voel. Die skole het net gesluit toe verkoop hy sy duiwe aan 'n Kleurlingman en haal die hok uitmekaar uit. Hy sit ure in die biblioteek en teken ingewikkelde grafieke in 'n boek. Soggens vroeg kap en timmer hy in die agterplaas, die familie gaan kyk nie eens nie, hulle's te bly hy is besig.

Twee weke voor Kerfees storm een van die dogters by die kombuis in.

Vester bou twee vlerke aan die buitetoilet vas, skree sy.

Daar's macaroni op jou bril, sê Ouma en daarmee is dit ook vergete.

Drie dae voor Kersfees dra Vester die karavaan se yskas by die toilet in. Niemand sê 'n woord nie. Die volgende dag dra hy 'n koffer in. Niemand sê 'n woord nie. Oukersdag dra hy 'n boks crackers in.

Die aand sit ons om die boom. My pa lees uit die Bybel en ons gril vir die niggies. Buite in die toilet trek Vester 'n vuurhoutjie.

Voem! sê die toilet en skiet by die lawn uit. Ons storm almal by die deur uit. Soos 'n ster trek hy oor die taalmonument.

Anderkant Paarlberg haal 'n plaaskoor asem vir Kom Herwaarts, toe tref Vester die plaaspad. Lank staan die koor tjoepstil.

Ons sing ontsettend kak, sê die tenoor.

Drie dae na Kersfees toe staan die hele familie langs die graf. Dis 'n snikhete dag. Ouma sit met 'n bottel en gooi water al om haar opvoustoel.

As die son vandag daai ry brille vang, brand hierdie berg dat hulle hom sien tot in Amerika, sê sy.

Ant Minnie haal 'n stuk papier uit. Dis een van sy gedigte, sê sy.

Toe kyk sy ons een-een in die oë. By die goudvis kom 'n reusetraan uit. Hy rol onder die bril uit en val op die papier.

Eendag, lees sy,
    Eendag gaan ek wegvlieg
    na 'n land van groot, groot mense
    met baie min te sê
    waar ek ook 'n familie het
    waar almal halfpad blind is
    en waar die liefde lê

(uit *Slow Tear*, 1998)

Die Vallei van die Pienk Bloeisels

In die vou van die berg Nu-Nu, in die Vallei van die Pienk Bloeisels, het die klein dorpie Tunuki elke oggend wakker geword met die diep geloof dat die son net aan hulle behoort het.

Met dagbreek het hulle die deure oopgeskuif, effentjies na die son gekniel en dankie gefluister. Dankie dat hy so vriendelik oor hulle skyn en Ma Meya se wreedheid versag.

Ma Meya regeer Tunuki met 'n ysterhand. Sy's die laaste van die familie wat byna al die grond in die vallei besit. Dié het hulle as 'n geskenk bekom nadat hulle grootvader die keiser se honger poedel tydens 'n optog toegelaat het om aan sy arm te byt.

Maar dit was lank gelede en geheues is kort.

Ma Meya is nou al wat oorbly. Veertig jaar terug was dit 'n dorpie van vreugde. Ma Meya was getroud met die mooiste man in die vallei. Toe op 'n dag leun hy oor die brug en sien 'n ryp jong meisie haar borste in die water loslaat. Hy't sy kop verloor, sy jurk gelig en haar tegemoetgekom. Hulle wilde gekreun is tot in die boord gehoor en Ma Meya is geroep. Sy't hulle uit die dorp verban en die brug laat verbrand.

Dit was die laaste keer dat iemand Tunuki verlaat of binnegekom het. 'n Hele geslag is gebore vir wie die wêreld bestaan het uit 'n dorp, 'n berg en 'n boord. En die griewe van Ma Meya.

Ergste van alles was haar los oog. Net links van haar neus het die moorddadige klont gesit. Verkalk, bitter en bewegingloos het dié kyker tussen haar ooglede gehang en wag op die einde.

En om dit minder opvallend te maak, het sy geweier om die ander een ook te beweeg. Stokstyf het sy voor haar uitgekyk en die koninkryk verken met die stadige draai van haar kop. Dan was dit of die kole in die hel verskuif het. Met elke kraak van 'n horingou nekwerwel het sy ongekende vrees ingeboesem onder werkers en onderdane.

So leef hulle op rys, gehoorsaamheid, tradisie en bitter min opwinding.

Net een keer 'n jaar word daar feesgevier. Op die dag van Ma Meya se verjaarsdag mag jong meisies hulle hare los dra, seuns mag in die rivier swem, eksotiese disse word voorberei en een paartjie mag trou. Op die hoogtepunt van die dag word Ma Meya deur haar getrouste volgelinge halfpad teen die berg uitgedra met die res van die gemeenskap sing-sing agterna. Almal kyk een keer oor die vallei en dan is dit vinnig terug dorp toe voor iemand gedagtes kry.

Op die oggend van Ma Meya se neëntigste verjaarsdag, sê die jong San-Lee nie dankie vir die son nie. Sy sit doodstil terwyl haar hooftooisel klaargemaak word. Haar hart is swaar en haar oë kyk vloer toe.

Op dié dag trou sy met die lelikste man op die dorp. Die enigste een wat oorbly.

Op dié dag word sy verenig met 'n boggel en 'n pens. Sweer sy trou aan 'n skurwe vel, 'n breindoodjafel met plat boude.

Langs haar staan 'n heerlike ontbyt van forel en heuning. Sy vat aan niks. Sy droom van die boom met die giftige bloeisels. Die een agter die pienk boord. Eet net een, het die meisies gesê. Dit maak jou lam van binne. Die gevoel in jou tepels, die koors in jou dye, dis alles weg, sê hulle. Dan kan hy jou maar vat, hy kan lê solank hy wil, jy's nie daar nie.

Kyk vir Ma Meya, sê hulle, sy eet dit al jare.

Heeldag hou San-Lee se ma haar dop. Sy kom net nie weg nie.

Teen die tyd dat hulle vir Ma Meya in haar stoel lig, staan San-Lee beeldskoon voor in die optog. Anderkant staan haar bruidegom, lelik en haastig, soos 'n vrat met voete. Ma Meya sit stokstyf met haar oog, grys van die gal en ouer as die berg.

Gee haar voorspoed, sing die dorp vir Ma Meya. Hulle klouter die steiltes uit.

Red my, bid San-Lee, Red my.

Toe gebeur alles vinnig. Die voorste draer trap skeef en ruk aan die stoel. Ma Meya se kop klap hard teen die bamboes. En toe spring die oog uit. Soos 'n ghoen uit 'n rek skiet hy by die berg af. Van klip tot klip hop hy tot hy weg is.

Sy maak ons vrek! skree die dorp en gaan aan die hardloop. Hulle soek die oog soos besetenes. Hulle spring oor bosse, klim in bome, klouter oor kranse, swem deur strome. Hulle sien wêrelde, veraf paaie, hulle sien vreemde wesens, langes, kortes, mense wat mekaar liefhet, mense wat ry met die wiel.

San-Lee hardloop die vinnigste van almal, verby die pienk bloeisels, verby die giftige boom.

Julle is myne! skreeu Ma Meya oor die berg. Maar dis leeg in die vallei.

Onder langs die rivier, op 'n klip, lê 'n oog en blink in die son. Hy's moeg en hy's amper klaar, maar hy't vreeslik baie mense laat sien.

(uit Stone Shining, 1999)

94

Die groot skat

Dit was 'n yskoue winternag in die hartjie van St. Petersburg. Nikolei Petrovich het bewerig agter die skerm gestaan. Hy't gekyk hoe swaai die gloeilamp heen en weer. Dink harder, het hy vir homself gefluister, maar hy kon net nie verstaan wat aan die gebeur was nie.

Die harige vrou loop om die skerm en ruk sy broek af. Die drie polisiemanne agter die tafel glimlag. Stilstaan! blaf die vrou en trek 'n handskoen aan. Sy buk agter Nikolei Petrovich en woel haarself tussen sy boude in.

Nikolei weet hy gaan nie die traan kan keer wat nou op pad is nie. Voor hy sy oë toemaak, sien hy hoe drink die polisiemanne uit dieselfde bottel. Die traan hardloop dieselfde pad as die een kleintyd toe blinde Oupa die ploegperd geslag het.

Net twee ure vroeër het hy met Alexanderstraat af gestap. Skemer het net begin. Hy't sy jas om hom gevou. Wat 'n heerlike naweek, het hy gedink. Wag tot Moeder dít sien, het hy gedink. In sy sak was 'n reuseaartappel, nog nie eens verkleur nie. En onder sy arm, die rogbrood. Wat 'n fees, het hy gedink.

Toe gryp hulle hom. Hy't nie gedink aan hoeveel arms daar skielik was of aan die houe oor sy rug nie. Hy't net gekyk hoe val die rogbrood en hoe gryp 'n ouvrou dit en hoe vinnig verdwyn sy.

Waar's dit? het hulle heeltyd gevra. Komaan, jou dwaas, het hulle aangehou, Jy kan net sowel praat.

Tot in die donker gebou, af met die trappe, tot in die kelder en toe agter die skerm.

Hier's niks, sê die harige vrou en trek die handskoen uit.

Dalk weet hy niks, sê die eerste polisieman.

Wie anders dan? vra die tweede een, Dis Vrydag.

Laat hom aantrek, sê die derde een, Netnou vrek hy voor hy praat.

Hulle los hom alleen. Nikolei Petrovich bly staan agter die skerm. Hy gryp sy jas en voel na die aartappel.

Hy is skielik weer tien jaar oud. Hy staan agter die vlag op die verhoog van die kindersentrum. Sy ore brand soos Moeder hom geskrop het. Die weermag is in die stad. Hulle sit in rye in die saal. Agter sit die ouers. Die onderwyser staan spierwit teen die muur.

Wie sorg vir ons? sing die seuntjie voor op die verhoog.

Moeder, sing die koor, Moeder Rusland.

Die seuntjie steek sy hand uit. Agter die vlag staan Nikolei met die aartappel. Hy't nog nooit so 'n mooie gesien nie. By die huis is dit altyd swartes met sagte plekke en bitter kolle.

Wie sorg vir ons? sing die seuntjie weer en steek sy hand uit.

Die onderwyser begin droom van vodka. Nikolei kan homself nie help nie. Hy vat eers 'n groot hap, toe gee hy die aartappel aan.

In die stilte wat volg, word sy ma honderd jaar oud agter in die saal en die onderwyser beleef 'n skyndood.

Toe begin die weermag lag. Hulle lag dat die saal bewe. Dom-kop! skreeu hulle.

Hy bly staan agter die vlag tot sy ma hom daar uitklap. Sy klap hom teen die kop tot hy neëntien is.

Nikolei werk nou al tien jaar by die agterdeur van die stads-museum. Hy vat sleutels by die personeel. Wanneer alles op 'n ry hang, bel hy boonste vloer toe. Aleksei Dmitrivich kom sluit die kas toe. Om presies tien voor ses storm Nikolei by die deur uit. Hy hardloop na die naaste mark. Hy droom nou al twintig jaar van die perfekte aartappel.

En vandag toe kry hy hom.

Maar sesuur breek die glas in die hoofsaal van die stadsmu-seum en iemand beitel die groot steen uit die Tsaar se kroon. Halfsewe gryp hulle vir Nikolei in die straat en stop die lied in sy hart.

Teen die tyd dat hulle hom loslaat, weet hy nog niks. Sy lyf is seer, hy sien weer die vlag, hy hoor die weermag brul en hy weet Moeder slaap lankal.

Hy loop verby die beskonke burgers, oor die straat, verwil-derd in tussen die bome. Hy sien die lang man staan in die donker. Hy steek sy hand in sy sak.

Dè, sê hy, Vat jy hom, môre is hy pikswart.

Nee dankie, sê die man, Ek het dié. Ek is weg voor dagbreek.

In die man se hand lê 'n dowwe steen. Dié wat al in die hoof-saal was, sou dit herken, maar Nikolei Petrovich werk by die agterdeur.

Jou aartappel is môre nog goed, sê die man, Hy's veilig in die donker.

Lank na die man weg is, bly Nikolei nog staan. Eers teen dagbreek loop hy huis toe. Vinnig en met 'n beeldskone aartappel.

(uit *Stone Shining*, 1999)

Die bok

Die dag van die begrafnis is die priester weer dronk. Nog 'n vark uit die dorp uit, sê hy en gooi 'n kluit op die kis. Toe slinger hy tussen die bome in.

Langs die graf staan Frederik en Eileen en twee hoere.

Hy gaan nooit rus nie, sê die lange, Mens kan dit aanvoel.

Gooi toe jou pa, sê Eileen, Dit word laat.

Sy vat haar fiets en ry huis toe. By die huis haal sy haar sluier af en voer die diere. Toe skil sy groente en steek die stoof aan. Sy dek twee plekke aan tafel. Die ou man se bord loop sit sy buite neer.

Dis al donker toe Frederik die graaf teen die huis neersit en natgesweet kom sit vir kos. Hulle eet sonder om te praat. Frederik gaan klim in die bed sonder om te was en weer gril Eileen te veel om te slaap.

Middernag toe die maan homself oor die nok van die huis lig, toe vaar die ou man in die melkbok in en storm die boom dat die kwepers val. Hy ruk die posbus uit en hardloop dwarsdeur die hoenderhok.

Eileen stamp Frederik teen die arm. Jou pa is in die bok, sê sy, Hy maak die hele dorp wakker.

Die bok jeuk, sê Frederik, môre dip jy hom.

Toe storm die ou man die agterdeur dat die huis bewe.

Gaan praat met hom, skree Eileen, Sê hy moet loop rekenskap gee dat ons kan slaap.

Jy's verdomp gek, sê Frederik en draai op sy sy.

Die volgende oggend het hy skaars op sy fiets geklim toe storm die bok hom dat net sy broek bly sit.

Eileen verbind hom in die kombuis en toe hou sy die leer dat hy op die solder kan klim. Van die geiser af swaai hy tot in die boom, van die boom af op die pakkamer en toe oor die hei-ning.

Die oomblik toe hy weg is, gaan Eileen aan die skoonmaak. Sy trek die bed vars oor, sy gooi haar wit doek oor die tafel en pak haar erfkoppies uit. Sy was haar hare en gooi laventel in haar nek.

Sy kyk op die horlosie en toe maak sy die venster oop.

Hoe voel dit in die hel? skree sy vir die bok, Het jy gedink jy gaan verskoon word? Hoe't jy jou vrou verniel! Almal se lewe vergal! Almal verneuk! En 'n vark van 'n seun grootgemaak! Vandag sal jy sien!

Die bok word mal. Teen elfuur toe die posman voor die hek staan, ploeg hy vore deur die werf.

Die bok is besete, skree Eileen, Klim op die pakkamer.

Sy maak haar hare los en ontvang hom op die solder.

Mensig, hyg sy, Nooit gedink jy sou eendag tot in die huis vorder nie.

Die posman is bruingebrand en baie groot.

100

Tee vir jou? vra Eileen en skeur sy hemp oop.

Hy vat haar op die solder, toe tussen die koppies en toe weer in die kamer.

Eileen slaan teen die mure. Vuilgoed, skree sy vir die bok, Vertel dít vir jou seun!

Die bok is uit sy vel uit en weer terug. Toe Frederik by die huis kom, staan nog net die huis.

Dit was chaos in hierdie plek, sê Eileen en skep sy kos in, As dit so aangaan, kom ek nooit weer op 'n ander plek nie.

So lewe Frederik van boom tot heining, Eileen lewe vir die pos en die mal bok word nooit gemelk nie.

Frederik drink al meer. Twee keer val hy uit die boom uit en kom nie eens agter die bok is te swaar om hom te storm nie. Gereeld lê daar vreemde pos in die huis rond, maar dit gaan hom verby.

'n Maand na die ou man se begrafnis sit hulle een aand aan tafel. Is die lewe vir jou lekker? vra Eileen.

Frederik druk sy vurk in 'n aartappel en dink aan die hoer by die graf.

Toe ontplof die bok.

Frederik storm deur toe. Buite is dit spierwit. Tot die klokto-ring is toe. Kyk, sê Frederik, Dis alles oor.

Wys jou net, sê Eileen, Mens moet so versigtig wees.

Sy skuur by hom verby. Die maan skyn op haar hare en Frederik kyk verdwaas hoe sy wegstap deur die sneeu.

(uit *Stone Shining*, 1999)

In die pad

So drie jaar terug is ons op toer met 'n show. Ons is op pad PE toe met 'n kombi, net anderkant Colesberg gaan die rooi liggie aan.

Die ding gaan seize, sê die drummer, Ons moet olie kry.

Ons kan ingooi op Noupoort, sê die bass-speler.

Nou's dit vir my klaar erg genoeg dat ons op pad is PE toe, die mense hou net van Gilbert & Sullivan. Ek is glad nie gereed vir enigiets wat se naam Noupoort is nie. En daai tyd het ek ook nog nie terapie ontvang vir my plattelandse skooljare nie.

Nee, sê ek, Ons kan nie indraai by die dorpie nie, iets gaan gebeur.

Is jy simpel, sê die drummer, Ons gaan mos nie uitklim nie.

Ek is onmiddellik gespanne. Al wat ek sien, is Porterville se baksteenskool en die stowwerige atletiekbaan en die witspan en oom Attie met die gun en my pa wat glad nie verstaan hoekom hol ek anderkant toe nie.

Noupoort, sê die bord. My nek is vol knoppe.

Wat gaan in die pad aan? vra die klaviermeisie, Die karre staan strepe by die dorp uit.

Seker 'n bees in die pad, sê die drummer.

Ek maak of ek nie hoor nie.

103

Rom-rom-rom, sing die witspan langs die baan. Ek sit agter in ons stasiewa, ek wil nie een kind sien nie.

Sit af, sê die klaviermeisie, Ons gaan kyk.

Ons staan tjoepstil in die pad, mense begin by hulle karre uit-klim.

Ek sit stokstyf in die kombi.

Gaan jy alleen hier bly? vra die drummer.

Nou loop ek ook agterna. Saam met honderde vreemdes in die middel van nêrens.

Standerd 5 loop ons Lenteloop. Omtrent halfpad Citrusdal toe. My bene is lam, my maag pyn, ek sluk heelpad my trane. Die ander seuntjies hol in die grondpad af met hulle keppies op. Opgewonde, soos goggatjies in die stof. Vir wat! wil ek skree, Dis dan nie eens lekker met die kar nie!

Hier loop ek weer, selfde maagpyn, alles.

Daar lê 'n vrou in die pad, sê die drummer.

Is sy dood? vra die klaviermeisie.

Nee, sy tan, sê die bass-speler.

In die middel van Noupoort se hoofstraat lê 'n vrou met haar hand by die afvoerpyp se rooster in.

Langs haar staan twee vet vrouens en 'n polisieman. En agter hulle die res van die dorp.

Gaan huis toe, sê die een vet vrou, Jy klou verniet.

Wat het dit jou nou in die sak gebring? vra die ander een, Hier lê jy nou, in by die drein, vir almal om te sien.

En waar's hy? vra die eerste een, Vra bietjie jouself, waar loop hy nou?

Wat gaan aan? vra die drummer.

Dis haar trouring, sê die polisieman, Hy't voor die poskantoor afgeval, toe rol hy oor die pad. Sy vang hom eers hier. Nou sit haar hand in die rooster, sy kan hom net uitkry as sy haar vingers oopmaak. Dan val die ring.

Diep in my binneste begin 'n onaardse gedreun. Ek sien hoe kom die witspan op hulle voete. Hulle brul soos onweer. Hansie Nel kom oop en toe om die baan. Ons hardloop aflos in die stof. Nou moet hy die stok vir my gee. My pa staan met groot oë langs die baan. Ek bewe soos 'n riet, maar ek weet dis my laaste kans. Hansie hol dat sy lip so krul, hy storm op my af. Ek gryp die stok, maar hy wil nie laat los nie. Ek sien hy's net so bang. Hy klou dat dit bars. Die gedreun word al hoe harder.

Is jy mal, skree ek, Laat los die ding!

Die vrou skrik haar boeglam. Die ring val klonks! by die pyp af.

Sy kyk my verstom aan. Sy en die hele Noupoort.

Vir wat klou jy so? skree ek.

Die vrou huil dat die trane loop. Ek ook. Ons huil tot ons moeg is, toe gaan sy huis toe en ek klim in die kombi.

Toe ons in PE aankom, is ek 'n heel ander mens. Die knoppe in my nek is weg. Ek gee nie 'n moer om van wie of wat hulle

105

hou nie, toe die lig aangaan, doen ek my show soos ek hom lankal moes doen.

(uit *Stone Shining*, 1999)

Josephine Maria Pontier

Josephine Maria Pontier could by no means live up to her name. Inheriting two quite ordinary names from her tired grandmothers plus getting adopted by her mother's well-to-do but slightly alcoholic second husband resulted in a combination worthy of the heir to an aristocratic title or some exotic actress. But it befell a girl so in the middle of the road, she regularly astounded even herself.

By the age of thirty-five Josephine was living on her own at No. 58 Dawson Street. It was a homely cottage in a quiet neighbourhood with many oak trees. Compared to the life of a wounded person in a refugee camp, Josephine had it all, but looking at the wealth the universe had to offer those who had the wisdom to take, she had barely progressed beyond existing.

And never had it been more evident than the previous week.

Josephine was sitting at the window. It was a bay window with sheer white curtains (which would almost have been out of the ordinary had she made them long enough) and the rain falling against it from the outside. Anywhere else in the world this would have been a striking scene, but instead of having her hair loose, she had it in a bun. Instead of wearing a comfortable, oversized men's jersey with only her socks, she was wearing a pleated skirt with flat shoes. Instead of holding a jug of steaming tea, she was holding nothing.

For all aesthetic or esoteric purposes the room was empty. Josephine truly had the dooming talent of blending. She only had to put on her off-white gown and she would melt into the wall. Wearing her pale blue V-front blouse, she would blend into the sky so completely, a bird could fly through her. In her office suit she became the desert.

Josephine was remembering the previous few days.

Monday. On her way to work she had passed the school and heard the noise of many children, something she does not hear over weekends. She had wondered if she would ever have children. That is what she always wondered about on Mondays. She did not really have any thoughts on the issue, she just wondered.

Josephine looked at the rain and remembered Tuesday.

On Tuesday she had experienced a mild tingling sensation. After work she had taken the long way home, to pass the Portuguese café. The old man inside kept an extensive collection of adult magazines. Josephine had stood in front of the yoghurts and had glanced to her left. Every Tuesday the sensation was caused by reading the same words, Full Frontal. From somewhere it came, a tiny little moth that opened its wings against her womanhood. For an instant Josephine was alive and wild. The warmth inside always left her when she entered the cottage.

Wednesday. Josephine thought about Wednesday, but she could remember nothing. Nothing.

During her lunch break on Thursday she had gone out to pay her electricity bill. She had walked through the mall and had passed several boutiques. Josphine had looked at the displays and had seen rows of dresses, many of them in dramatic colours like red, mauve, emerald and black. She had even concentrated for a few moments, because it had to be somewhere deep inside her, that thought of trying on something and then perhaps buying it, simply because it was

108

beautiful. But that thought never came.

On Fridays Josephine always got a hint of excitement when she realised, together with the rest of the world, that the weekend was on hand. Then on Saturdays she could not remember why on earth she got excited on Fridays.

One Saturday, about two months before, she had woken up with the idea of going for a drive, actually visiting her family. Within an hour that thought had become such a weight on her, she had spent the rest of the day in bed, exhausted.

It was Sunday. Outside it was raining. Josephine Maria Pontier was sitting at the window of No. 58 Dawson Street.

Only hell knew what she was going to do next.

(1999)

Dear Mister Polken

Dear Mister Polken

I suspect that only the most competent writing could possibly convey the gratitude I feel towards you. Please accept the sincerity with which the following lines are offered to you.

Firstly I apologise for the apparent awkwardness with which I received you during your unexpected visit after the show. Visitors are few and a trailer does not offer the surroundings you are obviously accustomed to. When we face the audience we are exactly what they expect us to be, but without the music, without that superwhite spotlight, we become small, fragile, scientific statistics.

My dearest Sir, I salute your bravery, your soulful persistence and your graceful social skills. When I opened the door and you first saw me in that cruel, yellow domestic light, your heart must have made an athletic jump. How saintly not to show the slightest reaction! Not even your eyes betrayed you. Thank you. Our arms have become heavy and tired of waving to the hordes floating by on the clouds of sympathy and disgust.

It is with the utmost care that I have considered your offer. For the past ten days I have not allowed myself any dreams, not one fantasy, not a single irrational moment. As sober and clear-headed as I can possibly be – as a member of the circus! – I have given thought to your generosity.

It is true, never have I been able and never will I be able to collect the amount of money needed for the necessary surgery.

If ever I were to join the human collective as it is known and accepted, surely this would be my only chance. What kind of distorted soul would not jump at an opportunity like this?!

Mister Polken, it is with a pounding heart that I have to decline your offer.

I have dreams of a career, a family, a car and an address. You brought me closer to these things than I have ever been. For days after your visit I walked through the circus as if I were saying goodbye. I felt as if I had never really been a part of it. Until I closed my eyes and tried to picture the new existence. What will I be? This defect is what gives me a life! Should the operation not turn out to be completely successful, I will no longer be a freak, only hideous. What skills do I have? How will I understand the absence of love? At the moment it is easy and expected. My friends are dwarfs and giants and magicians. We have no expectations. Our success is survival, our rewards come in small gestures.

Life without a nose is not easy. Sleeping with a mouthpiece, never lying on your stomach, eating little and fast, speaking in short phrases, this has been all I have known. No lengthy kisses (or any other oral activities), never knowing what the world or its beauty smells like, never knowing what intimacy would feel like, resting your face in somebody's neck to find comfort. These things are not on my path. Still, Mister Polken, I have a life!

They laugh at me, they gasp and they applaud. They will never know that the skin on the blank part of my face is normal, properly stretched, soft to the touch and still youthful. They will never know that I can play the piano or recite long passages of classic literature from memory. They will never know my sense of humour. But they all know my name.

The circus is no heaven. Being on the road, living in a ramshackle trailer, never being independent, always feeling the sadness of the animals, this is our routine. Pain is what we breathe, it is how we do the next cart-wheel. What will become of us when we find happiness?

Dear Mister Polken, blessed you will be with every step you take. I thank you for making your offer, for making me close my eyes. You gave me gratitude.

I greet you from my yellow light!

Hopefully your new friend

Roland The Alien

(1999)